纸飞机

李　东◎著

山西出版传媒集团　北岳文艺出版社

·太原·

图书在版编目(CIP)数据

纸飞机 / 李东著. —太原：北岳文艺出版社，2024.3
 ISBN 978-7-5378-6810-5

Ⅰ.①纸… Ⅱ.①李… Ⅲ.①长篇小说—中国—当代 Ⅳ.①I247.5

中国国家版本馆CIP数据核字(2024)第001606号

纸飞机　李东 / 著

出 品 人：郭文礼	出版发行：山西出版传媒集团·北岳文艺出版社
总 策 划：汪恒江	地址：山西省太原市并州南路57号
策划编辑：董江波	邮编：030012
责任编辑：张　丽	电话：0351-5628696(发行部)　0351-5628688(总编室)
助理编辑：宿文韬	传真：0351-5628680
复　　审：马　峻	印刷装订：山西新华印业有限公司
终　　审：郭文礼	
宣传运营：刘思华	开本：890 mm×1240mm　1/32
董江波	字数：172千字
印装监制：郭　勇	印张：8.625
装帧设计：	版次：2024年3月第1版
	印次：2024年3月山西第1次印刷
	书号：ISBN 978-7-5378-6810-5
	定价：59.00元

本书版权为本社独家所有，未经本社同意不得转载、摘编或复制

目 录

引　子 ……………………………001

第一章　远去的纸飞机 ……………001
第二章　那片云 ……………023
第三章　在爱里摇晃 ……………051
第四章　坠落于孤独 ……………079
第五章　追忆华年 ……………102
第六章　再回首 ……………127
第七章　止步迷途 ……………164
第八章　残　梦 ……………198
第九章　重　生 ……………232
尾　声 ……………………………266

引　子

　　风从身后的缓坡上倏忽而来，轻快地掠过湖面，向着天空的尽头吹拂而去。湖面的波光随着风的轻抚，荡漾出桃花一样的面孔。

　　轻风过处，三月的桃花谷一片粉红嫣然，阳光下青草的芬芳和花蕊的清香弥漫在天地之间。

　　这是年十一回到家乡创业的第三年，他在政策扶持下通过土地流转拿到这片临湖的缓坡地，地里种满了桃树，湖边建起了桃花谷休闲山庄，希望那些花儿在盛放之后，能结出美好的果实。如同生活一样，经历过艰难困苦，他盼望将在这个春天重新拾得光明和希望。

　　"我的飞得最高！"

　　"我的才最高，最远！"

　　"我的，我的！"

　　稚嫩的声音透过花海传过来，几个孩子在月亮湖边嬉戏追逐，手里握着纸飞机。那白色的纸飞机在阳光下翩然起舞，轻轻降落，有一只不偏不倚落在他的面前。

　　他捡起它，如同捡起一段沉重的往事……

第一章　远去的纸飞机

华丽绚烂的香格里酒店大厅里，早已经高朋满座，密密麻麻的人头攒动着，餐桌上摆满了山珍海味。鲜红的龙虾扭着妖娆的身姿，注视着来宾们脸上那充满祝福的笑容，雪白的山药泥被精心地设计出一幅冰清玉洁的"雪景图"……

红色的地毯洒满粉色的花瓣，大厅中间的舞台上挂满彩纱、鲜花、气球……满场弥漫着浪漫的气息和幸福的喜悦。台上的新娘和新郎深情地相拥在一起，台下三三两两的好事者，欢呼着"亲一个！""亲一个！"

童曼那张娇羞的脸埋进了新郎的怀里，身后的白纱一直拖到五米之外，刚好在年十一就座的那一桌附近。他还是来了，怎么能不来呢？答应过童曼的事，他没有一件会爽约，包括参加她的婚礼。

只不过，年十一的那张脸实在难看到了极点，手中的香烟一支接着一支，从走进这里就没有断过。不过，得亏多了烟雾，遮住了他那张难看到极点的脸。他也知道自己不会好看，与其让别人看见，不如用烟挡着，以免别人看出端倪。大家目光一致地注视着舞台上的一对新人，没有人会看向他，其实，这里根本没有人认识他，他也和任何人都搭不上话。

落地窗一尘不染，窗外是喧哗的大街，如流的车辆和人群仓皇地交错着。此刻，他眼里那一张张陌生的脸上，写满了奔波和疲惫，就连那些刚刚放学的孩子，脸上洋溢着的笑容也是僵硬的。

结婚典礼结束了。

新郎新娘退场换服装，酒宴开始。

舞台交给了演员们，有唱歌的、跳舞的，还有乐队现场伴奏。大家怂恿一位长得颇像某位韩国明星的伴娘上台跳舞，那姑娘也大大方方地上了台，展示自己优美的舞姿。至于她跳得如何，年十一并没有兴趣关注，只注意到她脖子上那条项链，是去年他到上海出差，买给童曼的礼物。而此时此刻，它却戴在别人的身上。

那条项链在灯光下闪烁着耀眼的光芒，把那姑娘并不白皙的皮肤竟然衬托得十分好看。他还记得当时童曼打开盒子看到项链时惊喜的表情，满脸的幸福，像一朵刚刚盛开的莲花。他还记得童曼说，如果哪天他们分手了，就把它送给朋友。年十一问为什么，童曼说因为舍不得扔掉，但珍藏起来又会很痛苦。年十一又问为什么要分开。童曼回答就是随便说说，我们不分开。可今天的童曼，看起来与他是那么疏远，那么陌生，那么冷淡。

酒席还没结束，年十一就离开了，他心里害怕，害怕新郎新娘来敬酒，他不确定自己会不会做出什么傻事来，或者说出什么傻话来，即便再努力地控制自己，也保不准会露出一些痛苦的神色。人家这是婚礼，不是葬礼，他这张表情难看的脸实在太不合时宜，不如早点离开，以免让童曼尴尬。

走出酒店大门，年十一长长地舒了一口气。大街上飘落的银杏树叶把街道点缀得韵味十足，初秋的风像个艺术家，精心打理着这座古老的城市。其实这座城市何须秋风打理，何须落叶点缀？它本就历史悠久、古朴厚重、丰富多彩，白天有白天的热闹繁华，夜晚有夜晚的璀璨绚丽。而此刻的秋风，是如此多情。

年十一感到一阵寒风侵体，他的身子歪了歪，脚下不听使唤地来了一个趔趄，差点摔倒。正是这一阵寒风，把他的灵魂从躯体里抽离开来。他感到一股力量穿胸而过，迅速地飞出他的身体！他被狠狠地丢弃了，一瞬间，整个城市变成一座无声、无色、无光的空城。

他似乎感受不到任何事物的存在，感受不到人流穿梭，感受不到车辆飞驰，一切都静止、枯萎了。

他揉了揉双眼，确定自己没有流出眼泪来。是啊，一个大男人在大街上流眼泪，岂不是要招来无数诧异的眼神。

年十一也知道，现在的自己没有资格为童曼而痛苦，更没有资格为自己的爱情而痛苦。他已经结婚了，去年春天，妻子又为他生下了可爱的女儿囡囡，在外人看来，他家庭和睦美满，与妻子幸福恩爱。事业上，也有他自己的一片小天地。

比起初到西安的时候,现在的生活可以说是一片光明。十三年前,在西安火车站,他身上只有二百多块钱,一只破背包,里面除了一件换洗的衬衣和一只水杯,什么也没有。那时候的年十一从来没有想过,将来有一天,他也能够在西安这座大城市里安定下来,在这里有属于自己的房子,有属于自己的车,有属于自己的广告公司。虽然,房子不到一百平方米,每个月按时要还四千多房贷,车子是二手的,并且公司也是和别人合伙开的。但是,当他看到房产证上户主的名字写着"年十一"三个字的时候,内心还是忍不住激动了好一阵子。车子过户成功那天,天上下着滂沱大雨,整个西安城看起来是那么慌乱,他开着车在茫茫的车流之中穿梭,竟一点儿也不觉得下班的堵车时光难熬和焦灼,比起那些每天挤公交挤地铁的人,他甚至感到自己的头顶终于有了一片阳光,把疲惫不堪的心照得暖融融的。

一路走来,虽然吃了很多苦,流了很多汗,受了很多委屈,但一切都算值得。

回想起这些年的不如意,年十一又努力地吸了吸鼻子,把欲要流出的眼泪收了回去。手机在上衣口袋里震动了好一会儿,他并不想接,不用看,肯定是舒兰。

手机屏幕上跳动着舒兰的写真头像,备注着"亲爱的"三个字。这头像和备注都是舒兰自己设置的。他记得为了这个备注和头像,还和舒兰大吵过一架。

原本那是个微风不燥、阳光正好的星期六,舒兰一大早就收拾打扮自己，说要去郊外美美地过个二人世界，还特意把孩子送回了娘家。娘家离他们家不远，地铁可以直达，仅半个小时路程。可是，当舒兰满心欢喜化好妆准备要出门的时候，年十一的电话响了。舒兰看到手机屏幕上显示的"晓璐"二字，就用异样的眼神看向年十一。

年十一迟疑了一下，还是接起了电话："喂，晓璐。"

"哥，你今天有空没？"王晓璐是公司的平面设计师，一直不称年十一年总，而是叫哥。

"今天有事呢，怎么了？"

"哦，那算了。"

挂了电话，年十一仍是一头雾水。

这个电话就像导火索，引燃了舒兰敏感的神经。

"这女人是谁？"还不等年十一回应，舒兰醋意十足地说道，"为什么存别人的名字存得那么亲热，存我名字的时候，就直呼其名？"

年十一不想解释什么，之前的很多次争吵，都是越解释就吵得越严重。

后来，舒兰就把自己的名字改成了"亲爱的"，还设置了专门的来电头像。

"亲爱的"打了三个电话，年十一才接通。他低沉的语气差点说不出话来。

"你在哪里？"舒兰说话永远都是这么生硬、冷漠、暴躁。

"街上。"

"和谁?"

"我就不能是一个人吗?"

"你大白天不去公司,在街上晃悠什么?"

"你一天咋管那么多呢!"年十一气愤地提高了声调,他再也不能平静,全然不顾自己身边来来往往的人群。

挂了电话,年十一发现自己已经没有一丝一毫的力气再往前走。刚刚失去了灵魂,现在又面临着身体的崩溃。他有些绝望,感到身子一直在往下沉,迅速而强大的力量,让他来不及反抗,就跌了下去。

当然,最终跌下去的只是他的内在心理,他的外在躯体还在坚持着,苦撑着。也不知道什么时候,他窜进了一条小巷子,这里陈旧低矮的小楼房与周围的高楼大厦极不相称。残破不堪的院墙和院墙上无度疯长的爬山虎,无精打采地呈现出一片衰败的景象。这一带要拆迁了,看起来一片荒芜。

年十一漫无目的地走着,走到一棵已经枯萎的香樟树下,见四下无人,他蹲下来,双手环抱着自己。眼泪,终于要溢出眼眶。

这时,手机又在裤兜里震动了起来。年十一拿出手机一看,是黄于格。

"怎么了,于格?"

"十一,在哪儿呢?出事了,你快点来公司!"黄于格从来没有这么着急过,他是个慢性子,平日里说话总是慢条斯理的。

年十一知道，能让黄于格这样着急的事，一定是大事。

四年前，年十一和黄于格合伙开了这家一格广告文化传媒有限公司，当时公司附近还是一个村子，虽然周围在建的高楼很多，但看起来视野还算开阔，房租也在能够接受的范围，唯一不好的就是交通不是很方便，没有地铁，只有公交车，班次也少。

那时候年十一还没有买那辆二手车，黄于格也没有车。他们就花八千块钱在二手车市场买了一辆面包车，拉人也拉货。

如今，放眼望去，已经看不到哪怕一小片空地，密密麻麻的高楼春笋般长出来，压得人喘不过气来。

"十一，老马出事了，可能比较严重，人还昏迷着。"

年十一刚踏进公司的大门，黄于格就焦急地和年十一说道。

黄于格把事情的经过大概讲了一遍，其实脉络很清晰，就是安装广告牌的临时工马斌，从十多米高的架子上摔下来了，当场昏迷了过去，现在还躺在手术室呢。

"别慌，只要人没有生命危险，一切都好说！"年十一嘴上这么说，可是现在谁也不知道老马会不会醒过来，尽管心里早已经乱成一团麻，可他不能表现出来。他和黄于格相处这么多年，每每遇到紧急的事，黄于格总是最先慌神，像个无头苍蝇似的，这里撞一下，那里飞一下，最终解决问题还得靠年十一。渐渐地，年十一就只能扮演个淡定的角色。

"给柱子打电话了吗？"

"打了，他在广州出差，一时半会儿回不来。"

柱子是他们的大学同学，在区里上班，人脉圈子广，遇到事情能沉稳地解决，脑子也转得快，总能想到合适的办法。

"咱们先去趟医院吧！不管咋说，老马跟我们相处了几年了，总有感情在，何况他是给我们公司干活时出的事，我们先去医院看看情况。对了，你先报保险吧！"

"没给他买保险啊！"

"没买？怎么没给他买保险？"

"谁会想到出这么大的事，再说他一个临时雇来的人……"

"人家临时雇来的怎么了？"

"我这不是为了给公司省几百块钱？"

"真是糊涂！"

年十一这个时候才知道没给马斌买保险，他气不打一处来，公司日常事务都是黄于格负责，在年十一眼里这就是失职。可现在说这些也没用了，还得平心静气地来解决这个事。

医院手术室外，马斌的妻子抱着五岁的女儿正哭得死去活来。一见到年十一她就扑了上来，抱着他的腿不放。

马斌给一格广告公司干了快四年活儿了，大概是从公司接的第一单广告开始，他就跟着干了，年十一多少也了解一点他的情况。算起来马斌是年十一和黄于格的老乡，同市不同县而已。他是个地地道道的农民，没念过几天书，带着老婆从大山里走出来，到西安打工，干的都是些临时性的脏活累活苦活。除了给年十一他们公司干些安装广告牌的活，他还给几家超市送货，干些水电装修之类的活，总之，只要是卖力气的活，他都愿意干，也干得很好。可怜他五十出头，还没有房子，在老家也没有，只能和老婆在一条偏僻的小巷子里租住一间既潮湿又阴冷、窄小、破旧的小屋。

马斌的老婆一直怀不上孩子，五年前在别人介绍下领养了一个小女婴，总算有了生活下去的希望和寄托。眼下，这个五岁的小女孩似乎还不懂到底发生了什么事，看着妈妈哭天抹泪，自己也跟着哭，一双小手又脏又黑，一把一把地抹着眼泪。

眼前这个画面，令人悲痛。年十一从来都不是个铁石心肠的人，平日里走在大街上看见谁有困难需要帮助，他都会搭一把手，何况是自己相处了几年的老乡呢？他肯定会负责到底的。但马斌的老婆——一个孤苦的女人，她实在无法轻易地相信他，依然紧紧地抱着他的腿。

"还我老马……你还我老马……"

"嫂子，你起来，你别这样，出了这个事我也很难过，我们会负责到底的……"年十一拉她起来，拉了好几次，她都没有半点要松手的意思。

黄于格过来拉，也丝毫不起作用，她依然一边跪在地上紧紧地抱着年十一的腿，一边撕心裂肺地哭，使得他根本无法挪动半步。

这时，手术室的门打开了，马斌虚弱地躺在被子里，麻药劲儿没过，他还沉沉地睡着。医生满脸倦容，对他们说："手术很成功，右腿算是保住了，但以后能不能恢复正常，得看后期的治疗情况。"

年十一和黄于格的心里终于松了一口气，至少马斌没有生命危险，不至于留下妻女孤苦无依。

马斌的妻子叫刘水英，瘦瘦小小的身子，一张黝黑焦黄缺乏营养和光泽的脸，正大把大把地抹着眼泪。她以为再也见不到自己的丈夫了，听到医生的话，这才放开了年十一的腿。

马斌以前干活的时候总爱带上她和女儿，有时候她也能给搭把手，当然更主要的是带着女儿玩。这种一起出工一起回家的画面，让一起干活的人还挺羡慕。

刘水英见丈夫昏迷不醒，就一直趴在床边目不转睛地看着他，轻声地叫着："老马，老马，你醒醒……"

"嫂子，让老马先安心休养吧。这事既然出了，该治疗，该赔偿，我们不会逃避的。"

刘水英啜泣了一阵子，抬起头看着年十一："你说的是真的？"

"当然是真的。"

"老马的腿以后要是残疾了，可咋办？"

"那我也不会让你们流落街头的。"

"我跟老马在西安待了这么多年，啥苦没吃过，啥累没受过,我们就想着干几年挣点钱,回老家把房子修了,这辈子也算有个窝了,谁知道会出这事……"

"嫂子,你放心,这事我会负责到底的……"

年十一说完,心里也凉了个透。虽然嘴上说会负责到底,但心里又怎么能不盘算着自己兜里的那点钱呢?公司这一年多的状况简直糟糕透了,已经很长时间没有进账了,都是吃老本。在这个节骨眼儿上,要想拿出钱来给马斌治病,只能把公司那点破办公用品卖了。可那些东西能值多少钱呢?马斌这条腿就像个无底洞,不知道得砸进去多少钱。但不管砸进去多少钱,这事也不能不管,做人最不能丢的就是良心,一旦把良心丢了,就算挣再多的钱也是白活。这是从小到大来自父亲的教诲,也是年十一刻进骨子里的人生信条。

病房外,年十一和黄于格愁得半天说不出来话。

黄于格的眼眶里突然有了眼泪,对年十一说:"十一,我们把公司卖了吧。不管咋样,得给老马治!"他说话的时候,声音软弱得像蝴蝶的翅膀,刺挠着年十一的耳朵。

"唉,公司里那些破玩意儿能值几个钱?但不管咋说,咱们肯定得管老马!"

"十一,我实话告诉你吧,我不想在西安待了,我想回家了。"

"回家?你家不是在西安吗?老婆和家都在这里,你要回哪里?"

"我和丁安娜离婚了……"

年十一觉得脑子里空空荡荡的，像是被人掏空了脑髓，只剩下一个空壳似的。病房里，刘水英叫着马斌的名字。马斌醒了，但还没有完全恢复过来，整个人昏昏沉沉的，话也说不清楚。

刘水英紧紧地握着马斌的手，伏在他的耳畔，颤颤巍巍地叫着："老马，老马，你咋样了？疼坏了吧？老马……"

女儿趴在爸爸的病床边，红彤彤的小脸上，泪水哗啦啦地往下流。

"老马，你咋样了？"黄于格问。

马斌疼得脸部肌肉僵硬，面无血色，战栗地说："疼啊……这腿估计是废了……"

"医生说能慢慢恢复，你安心在医院养着。"

老马有气无力地点点头。

"时间不早了，你好好休息。我已经给医院交了五万块钱，你先住着，我明天再来。"年十一抬起胳膊看了看手表，已经晚上九点五十了，就说道："嫂子，今晚辛苦你了，明天我们再来。"

回去的路上，年十一一句话也没说。黄于格也一句话不说。车子开了很长一段时间，黄于格点了一支烟，递给年十一，然后又点燃了一支自己抽。

年十一非常清楚公司的状况，这小半年来，他们一直处于亏损状态。广告公司靠的就是客户，他们已经很久没有接到过一单大的生意了，就算偶尔来个人做点业务，也都是印点画册，做个展架、海报之类的小活，挣不了几个钱。公司生意最红火的时候，年营业额可以达到近五百万。这对于西安这样的大城市来说，可能根本不算什么，但年十一和黄于格还是很满足。那时公司里有十三四个员工，八个业务员出去拉广告，而现在，就剩下他们两个人，还有一个设计师，平时有活儿忙不过来就请临时工，比如马斌。没想到，在公司最不景气的时候，又出了这样的事。

对于公司的现状，年十一也感到自责，这一年多他确实是颓废了，公司的事甚少打理；而黄于格呢，虽然兢兢业业，拼尽全力，但他性格绵软，脸皮又薄，公司内部的管理还能应付，谈业务拉广告这种事他就显得力不从心了。

"你怪我吗？"年十一问。

"嗯？我怪你什么？"

"也不知道怎么了，这一年多，我像是没了魂似的，干什么都打不起精神来，公司的事也不想管，以至现在走到这一步……"

"这不能怪你，要怪就怪市场，这几年市场发展不好，我们小公司发展空间太有限了。"

"怪天怪地，又能怎样呢？于格，不管将来怎样，我们永远都是好兄弟！"年十一一边开车，一边扭头看了一眼黄于格。

两人相视一笑，黄于格又点燃一支烟。

"你真的想好了要离开西安吗？"

黄于格沉默片刻,叹息着说:"是。"

年十一没有继续问下去,他们是了解彼此的,很多时候无须多言。一个人在婚姻里若不是走到了绝望的尽头,谁又忍心让自己好不容易建立起来的"堡垒"分崩离析呢?

他知道,黄于格一定是有自己的难言之隐,否则怎么会离婚呢?他是个专一的人,这些年除了丁安娜,他从来没和别的女人搞过暧昧,他说爱一个人如果连专一都做不到,那还叫什么爱情。

要说黄于格和丁安娜的爱情故事,那得追溯到很多年以前。他们俩和年十一是大学同学。

丁安娜多才多艺,光彩照人,也不知道为什么,她就爱上了黄于格。大学毕业后两人就匆匆结婚,那时候丁家人没有一个同意的,但是她不顾一切也要和黄于格在一起。

黄于格曾经是个诗人,上高中的时候就在报纸和杂志上发表过诗歌。丁安娜就是因为爱上了他的诗歌,才爱上了他。

可惜生活的泥潭里,黄于格摸爬滚打赚钱养家都应付不过来,哪里还有心思和时间写诗呢?慢慢地,时间将他变成了一个粗糙、懒散的人,满身的文艺气息也渐渐淡去,他心里明白,一个连基本生活都难以保障的人,还谈什么艺术。而丁安娜呢,优雅的气质是需要诗歌和诗人的浪漫情怀去滋养的,没有了诗歌和诗人的浪漫情怀,她就不再喜欢他了。慢慢地,生活变得平淡。

丁安娜想要个孩子,可黄于格不想,他怕自己养不起。

为了房贷、车贷，他们终日奔波劳苦，拼了命也才仅仅只是活下来而已，根本没有能力再去养一个孩子。

丁安娜在一所民办艺术学校当老师，对生活品质的要求更加细致一些。可能就是那种细致，造就了他们婚姻的裂痕和失败。他们从未大吵过，但感情却慢慢地淡了，然后冷了。

两个冰冷的人生活在一起，家里也就没有了温度。冰窖一样的房子，漫长的夜晚，两个人一句话也不说，各自待在自己的房间里，把对方当成空气一样。黄于格看不惯丁安娜的矫揉造作，总把生活和艺术混为一谈；丁安娜看不惯黄于格的庸俗肤浅，那些曾经的诗情画意浪漫情怀，早已被车贷房贷和生活琐事磨成一堆碎片，随风飘散了。她总是很在意每一个纪念日、生日，总说生活要有仪式感，但黄于格每天忙工作，根本不会把今天是几月几日星期几放在心上，更想不起什么纪念日、生日，自己就像个车轮一样，被事情推着走。丁安娜不能容忍的，其实并非黄于格本人或者与他的婚姻琐碎，而是自己心目中的浪漫和梦想最终变成了一地鸡毛。一个活在幻想世界里的女人，本该有着漫步云端的高贵灵魂，却不得不在俗世中摸爬滚打。时间久了，他们之间便越走越远。正如年十一看不惯舒兰的敏感多疑，舒兰看不惯年十一的不求上进。

不久前，黄于格就告诉年十一，他想离婚。他说有一天晚上他喝了点酒，回去的时候丁安娜已经睡了，他本想回卧室睡觉，发现她把卧室门反锁上了，于是他就在书房凑合着睡下了，半夜却被空调冻醒，身上一条毯子都没有盖，冻得全身的骨头都疼。第二天，他连床都下不来，想让丁安娜陪他去一下医院，丁安娜却说没空，说罢便冷冷地关上家门出去了。就在那一刻，黄于格就觉得自己在婚姻这条路上走不下去了，妻子的冷漠让他觉得这个世界都是冷的。

在离婚协议书上签字的那天晚上，黄于格很淡定，丁安娜却在签完字的那一刻哭了，撕心裂肺地哭。

结婚快十年了，丁安娜第一次哭得那么凄惨，仿佛下定了决心要在那一刻把一生的眼泪都流干净了才能罢休。黄于格躲在卫生间里抽烟，一支接着一支，也许此刻能够懂他、安慰他、支撑他的，只有烟。直到丁安娜的哭声停止了，他才从卫生间里出来，当他的余光从镜子里扫过的时候，他努力地做了几个深呼吸，感觉胸腔里全都是废气、浊气，却排不出去。

他觉得自己的胸腔像是一个加工厂，这么多年来，把委屈、压抑、痛苦、绝望……都放在这里面进行加工、熔炼。他早就需要一个合适的通道，将那些气体排出来了。这些年，他一直寻寻觅觅，却始终找不到出口，这偌大的世界，连个跟他说知心话的人都没有，这是多么可怕的感觉。

他在大街上游荡到后半夜，第二天一早就去办了离婚手续。然后，就接到了跟马斌一起去装广告牌的工人的电话。

而此时，黄于格完全没有了刚提出离婚时的洒脱和轻松，反而沉重起来。

"这么多年苦心经营的婚姻和家庭,就这么结束了?十一,你说,这么多年我到底为了什么?"黄于格吐着浓郁的烟圈,很快被风吹散。

年十一说:"算了,离就离了,大不了从头开始呗!"

"从头开始?说得简单,我现在一无所有!你知道什么是一无所有吗?十一,你跟我不一样,你就算没有了舒兰,你还有童曼啊。"

年十一的喉咙不知道为什么突然哽咽起来,像是一颗饱满而表面粗糙的大药丸卡在了那里,然后被强行推进食道。不提童曼,还能忍住那么一丝痛苦,但凡说起她,年十一的心里就怎么也无法平静了。

"你提她干什么?"年十一明显有些生气了。

"难道不是吗?"

"爱而不得有什么用?她现在已经是别人的老婆了!"

"至少……至少你们曾经真心相爱过,你这辈子也该死而无憾了吧。而我呢?我还没有真正地感受过相爱的幸福呢。也许我曾经爱过丁安娜,但她爱我吗?爱一个人,就要爱他的全部,可是,她爱着的只是一个被她幻想成诗人的我而已,并不是我的全部。"

年十一不再说话,在这一点上,他的确有一种又幸福又痛苦的感觉,幸福在于他得到了真爱,痛苦在于他真爱的人无法与他相守一生。和大部分普普通通过一生的人相比,他又觉得自己是个幸运者。

这幸运，得从八年前说起。

城中村的租住房逼仄、阴冷、潮湿，而又霉迹斑斑，年十一进房间不久，就觉得胃难受，尽管他的胃久经香烟和烈酒磨炼，还是忍不住想要呕吐。年十一没有想到，柱子竟然住在这样的地方。

"有那么难受吗？"柱子拍拍年十一的后背。

"最近喝多了，一直缓不过来，胃难受得很。"

"我以为你生活安逸惯了，受不了我这儿的环境。"

"不过说真的，你住的这地方可真比我想象的差远了，简直就是脏乱差嘛！"

柱子和年十一、黄于格以及丁安娜都是大学同学，只不过，柱子和年十一更亲密一些，他们是同镇的初中、高中同学，后来又同在西安上大学。用柱子的话说就是，你年十一肚子里有几条蛔虫我都清清楚楚！

"习惯了，我这几年就是这么过来的，就你娇气！"柱子若无其事地给了年十一一个白眼。

柱子嘴里的"这几年"，指的是他读研究生的这几年，一边读书，一边打工，不但要供自己上学，每个月还要寄钱给老家，供妹妹上高中。

年十一说："唉，行吧，我没你能吃苦。你最近好像又瘦了，走，我请你去吃饭。"

"你这是又羡慕我的身材了？"

年十一不再理会。走出出租屋，年十一呼吸了一阵子新鲜空气，终于觉得好一点了。他知道，这几年来，柱子的日子一点儿也不好过，他大学毕业以后到处找不到合适的工作，只能硬着头皮继续考研究生、考各种证，二十七岁了，依然住在城中村的矮房子里。柱子成功考上公务员去区里报到的日子，正是他二十七岁的生日，大概连他自己都忘记了。

柱子的家庭很复杂，父亲在他妹妹不到一岁的时候就去世了，后来母亲改嫁给同村的一个光棍汉。那光棍汉嗜赌、嗜酒，常常喝了酒就去打牌，输了钱就回家冲柱子的母亲和他们兄妹发脾气，家里的东西都让他砸得没剩几样了。第二天酒醒以后，他就会跪在地上求柱子的母亲原谅他，还写保证书，但过不了几天，他就又去喝酒、打牌，回来以后又冲他们发脾气。从小，他和妹妹就受尽了折磨和痛苦，母亲也在水深火热的生活中挣扎。直到他参加高考那年，那个男人才莫名其妙地死在了村子附近的一个湖里。但那时候的柱子母亲已经精神失常，形如木头人，说话、行动，几乎是痴呆状态。

柱子差点不能去上大学了，多亏柱子父亲的一位战友，退役后经商做得风生水起，常年接济他们，花十几万帮柱子的母亲治病，这才使柱子母亲的身体终于有所好转，生活基本能够自理。所以，这些年来，柱子一直发愤图强，一边工作，一边上学。

年十一也常常明里暗里给柱子一些帮助，但柱子好强，每次都拒绝他给的钱。

那天晚上，年十一陪柱子喝酒一直喝到深夜。本来年十一打算叫上黄于格的，但柱子说算了，不叫了，于格最近谈恋爱呢，别打扰他。于是，他们俩就敞开心扉，无所顾忌地边喝边聊。柱子说，十一，你知道吗？今天是我最开心的一天，我感觉我的人生有了转机，从此以后，我的人生就要不一样了，虽然，我还只是个职场小白，我没房没车，在这个城市里居无定所，但我就是觉得我的生活不一样了。

年十一看着柱子发红的眼里带着泪光，在灯光摇曳的酒吧，他的脸看起来更加孤单而清瘦，凹下去的脸颊像是被碾子碾过一样平展。他说，柱子……

别叫我柱子，我现在不喜欢别人叫我外号，叫我李研。

年十一笑了笑，想用几句话怼回去，又怕伤了柱子的自尊。柱子的全名叫李宝柱，是他父亲取的，说他将来一定要好好努力，要成为李家的顶梁柱。没想到一语成谶，整个家庭的重担早早地落在了柱子年幼而弱小的肩上。

柱子自从考上了公务员，就有些变了，说话做事变得骄傲自满，开始以自我为中心，脸上再也没有了笑容。很快，他就不住城中村了，没过两年，他说要在西安买房，小点的也行，果然，不久后就买了一套二手房，他也是他们三个当中最先在西安买下房子的。然后柱子又买了车，在年十一和黄于格看来，他已经算得上是个成功人士了。

若不是因为柱子，年十一可能还不会遇到童曼，也就不会有后来的故事了。

柱子第一天去区里上班，中途打电话给年十一，说急需一万块钱，他要马上汇回老家，他母亲又犯病了。年十一接到电话后就取了钱给柱子送来。

在楼下等柱子的过程中，他被一只纸飞机砸中了。那白色的纸飞机在风中轻飘飘地，摇摇晃晃地，落在了他的头上。他捡起来，上面有一行字：我是天空里的一片云。娟秀的字迹，一定是出自女孩之手。

来不及多想，柱子已经下来了，急匆匆地拉着年十一就走，要去银行汇款。

"不好意思，还让你亲自跑一趟，我说转账就行了，你还这么不嫌麻烦。"

"反正我也没事，在办公室待着也闷得慌。"那时候的年十一在一家广告公司打工，收入微薄不说还天天加班，业务员拉不到广告，老板就会劈头盖脸地骂一顿，盛气凌人地指着业务员的鼻子，让他从哪儿来的回哪儿去。年十一虽然业绩平平，但好歹没有遭受过这样的羞辱，对此他早就看不下去了，想辞职已经想了好几个月，无奈没有找到更合适的下家，所以每天也就是混混日子。

柱子接过钱的时候，年十一还在想着那只纸飞机的事，是谁扔下来的？要放在平常，他可能就当是小孩子折飞机玩，不会当回事。可这次不同，上面的"我是天空里的一片云"引发了他的好奇心。

"走，我得赶在银行下班前把钱汇过去，我妈在医院等着交医药费呢。"

年十一找了个借口说不去了，你自己去吧，我去附近转转就回家了。柱子离开以后，年十一并没有马上离开，而是握着那只纸飞机，向楼上望了望，鬼使神差地期待着有人来"认领"。

没想到几分钟后，还真有人来了。一个穿着白色毛衣，黑色百褶裙，长发及腰的女孩子从楼上下来了。"对不起，我折的飞机砸到你了。"那声音低低的，细细柔柔，像水洗过一般。

而这时的天空也像洗过，蓝色的底，白色的云，辽阔无边的晴朗、舒展、自然，阳光有点疲倦，懒懒地轻抚着大地。这是一栋老旧的写字楼，有很多单位都在这里办公，柱子所在的单位就在这个院子靠东边的五楼上。楼的外墙看起来有点旧，发黄的白色，光线暗的那一面看起来更加古朴，用颓败、破落这样的字眼来形容，也不足为过。

"没事没事，这纸飞机折得挺好看的。"年十一笑了笑，心里一阵被火烧灼的热烈感，脑袋里一阵嗡嗡作响，像是真的被飞机砸晕了一样。

就是那只纸飞机，把年十一的生活彻底打乱了，以至后来的人生，都和它有关。

第二章　那片云

童曼的新婚之夜，本该在甜蜜幸福中度过，她却找遍全世界也找不出一个幸福快乐的理由。

丈夫喝了酒，红着脸醉意朦胧地靠在沙发上一个接一个地给别人打电话，向前来参加婚礼的朋友们道谢。

满地的玫瑰花瓣，已经开始枯萎、发黄，餐厅里米白色的灯光下，两只水晶做的天鹅摆件，紧紧地依偎在一起……

童曼的丈夫叫石天来，在一家银行工作，父亲是大学教授，母亲是有名的妇产科医生，以这样的家庭条件，肯定是不会接受童曼的。之所以他们有了今天的结合，是因为石天来在六年前有过一次短暂的婚姻，而童曼的年龄也大了，对于一个三十一岁的女人来说，已不再是最美好的青春年华。所以，他愿意娶，她也就愿意嫁了，谁也不要嫌弃谁。

童曼一个人漂泊到西安来，实在是费了许多周折。当初，她辞去了家乡公务员的工作，义无反顾地来到西安，只为了和年十一在一起。可惜的是，年十一最终没有娶她，为什么没有娶她呢？年十一说不清楚，童曼也说不清楚。或许是因为太爱了，所以相处起来才会更难一些。

若不是那只纸飞机，年十一一定不会有现在的痛苦，童曼也不会因此而心碎。也许那样一来，年十一和舒兰的婚姻会和大多数人一样，平平淡淡地过下去。而童曼，在家乡的小城里，拥有一份稳定的工作，嫁给一个"差不多"的男人，早早地就生个孩子，也算拥有了一个幸福安稳的小家。

但如果真的是那样，他们又怎么会体会到真正爱一个人的滋味？

年十一因为一只纸飞机和童曼戏剧般的相遇后，就对这个女孩产生了一种莫名的情愫。他问她，为什么上面写这样一句话呢？

童曼说，徐志摩的一首诗《偶然》，里面有一句是这样的：我是天空里的一片云／偶尔投影在你的波心／你不必讶异／更无须欢喜／在转瞬间消灭了踪影……

你喜欢诗？年十一问。

和诗比起来，我更喜欢读小说。童曼说。

那咱们肯定能聊得来，要不找个地方坐着聊会儿吧？年十一发觉自己说这话的时候，双唇都在颤抖。

年十一带童曼去了一家并不起眼的小咖啡馆，古朴的装修，满屋子郁郁葱葱的绿萝，坐在里面像是坐在丛林里。童曼问年十一，你是西安人？

年十一说，不是的，我在这里上大学，毕业后留在这里工作，一晃差不多九年了。

哦，你在西安工作？你做什么的？

我快失业了，我在一家广告公司当业务员，我学的就是网络与新媒体。

失业？为什么？

我准备明天去把我老板炒了，我讨厌他那张不可一世的脸。

童曼笑了笑，哈哈，好像天底下的领导都是一个样，我们主任也是这样，见谁都想说教。如果将来你当了老板，也许你也会成为那样吧。

年十一没有想到，后来他和黄于格一起开了一格广告公司，他真的也变成了自己曾经最讨厌的人，他有时候也会骂业务员、骂设计师、骂文案，有时候骂完别人，还骂自己，生气的时候还会在自己的胸口上砸几拳头。他还对黄于格说，那拳头并不是自己打到自己身上的，而是生活打上去的。黄于格曾经是诗人，当然懂他的话。黄于格和年十一有时候会坐在无人的地方喝酒，喝着喝着就开始骂人、骂生活，喝醉了甚至一起抽自己的耳光，抽完以后说，这不是我们自己抽自己，是生活在抽我们呢，有时候，我们真的是连脸都不要了，成天拿热脸去贴客户的冷屁股！那假模假式的样儿，我都恶心透了！

那天童曼告诉年十一，她来西安是要和男朋友分手的，但最终没有见到男朋友本人。他们已经谈了三年多，男朋友却并没有想要和她结婚的意思。他们是大学同学，后来她回了老家，考上了公务员，而男朋友来了西安，上班的地方就在那栋楼上,那只纸飞机是她在等男朋友的时候为了打发时光折着玩的,没想到一不小心飞到了楼下。她去了男朋友的办公室三次,都没见着人,同事也不知道他去了哪里,她不打算继续等下去了,结果已经很明确。

她对年十一说,男朋友在电话里已经跟我说了分手,只是我自己不甘心,我想,这么大的事,不管怎么样也得当面说清楚。可是,他躲着不见我。

童曼说完,一口喝掉了半杯咖啡,有点呛,差点吐出来。她顿了顿,接着又说,他希望我来西安发展,可是我不能啊,爸妈不会让我辞掉那么好的工作,端上铁饭碗多不容易。再说了,我来西安能做什么呢?后来,他就爱上了别人……

那你喜欢现在的工作吗?年十一问。虽然他并不知道童曼现在的工作是什么,但是从她的神色中可以看出,她一说起现在的工作,其实是不开心的,只是为了爸妈安心而已。

童曼摇头。喜欢不喜欢,有那么重要吗?爸妈觉得我稳定,不受风吹日晒,已经是最好的生活了,我应该感到知足才对,我有什么理由轻易辞掉呢?

年十一说,可是我看得出来,你好像不快乐。

童曼说,快乐不快乐,又能怎样呢,爸妈快乐就行了。我是他们唯一的希望,我不能再伤害他们了,他们再也经受不起打击了……说着说着,童曼的眼泪就滑到了脸颊。她忧伤的侧脸看起来更加孤独和无助。她接着说,我本来在山区的乡镇工作,爸妈四处托人,好不容易才把我调到县城的一个单位,可是……可是,我真的每天都在想,我要怎么样才能逃离现在的生活……

为什么?

我们领导之前想把他儿子介绍给我,我一点也不喜欢他儿子,而且,那时候我还没想好到底要不要跟我男朋友分手。其实,我心里也知道,不管我跟不跟我男朋友分手,我都不会看上他儿子的。从那之后,他就总是给我穿小鞋,搞得同事们也排挤我、疏远我,有时候还会刻意刁难我,所以我每一天都过得很压抑,我不知道该怎么处理和同事的关系,该怎样对爸妈说这种事……

年十一开始心疼眼前这个女子,她梨花带雨的样子真是美得让人心碎,在那一刻,他甚至想说,辞了工作来西安,我养你。但他不敢说,虽然眼前的女子给他带来了特别的感觉,可他们之间萍水相逢,什么都不是。况且他现在还面临着失业,朝不保夕,怎么来为一个女人遮风挡雨呢。他说,也许,偶尔出来散散心,你会好一点。

童曼点头,擦干眼泪,望着窗外,哭泣的脸终于平静了一些。不好意思,今天纸飞机砸了你,还让你请我喝咖啡,又跟你说了这么多不开心的事情,真是冒昧了!哦,对了,我叫童曼,你呢?

年十一。

哈,年十一?好奇怪的名字啊。童曼的脸上终于有了笑意。

我姓年，又是正月十一出生的，所以我爸妈就给我取名叫年十一。

挺好的。童曼的情绪明显有了些好转。好了，我要走了，我得赶六点的大巴回南麓市，我只请了三天假，明早得上班。

你是南麓人？年十一问。

是啊。童曼已经站起身来，把一个杏色的小皮包挎在肩上。你呢？

年十一说，等我回南麓，我去找你。

啊？我们不会是老乡吧？听你口音一点儿不像。童曼用家乡话说。她的性格其实挺开朗，和她文静的外表还有点不相符。

出来久了，家乡话都生疏了，说普通话是为了不让别人轻易分辨出我是哪里人，其实本地人是很排外的。年十一一边跟她说话，一边结了账，跟童曼一起走出咖啡馆。

童曼笑了笑，说，有什么了不起的，大城市固然好，我还不稀罕来呢，我还是喜欢在咱们老家那种小地方生活，不用每天匆匆忙忙。哦，对了，去汽车站怎么走？打车好像有点堵，坐地铁我又怕走错，方向感太差，经常分不清东南西北。

走吧，我陪你坐地铁，这会儿下班高峰，堵车是肯定的。

不用，不用麻烦了。

没事，我也正好要去汽车站那边办点儿事情。

如今，年十一想起那些过往，依然会忍不住傻笑，笑过之后又忍不住失望、难过、低落，于是抽烟。

他满脑子都是童曼白天在婚礼上的样子，白色的婚纱，厚重的妆容，纤细的身姿，她在婚礼上，叫石天来老公，说我爱你……

一想到这些，年十一整个人感觉都快要疯掉了，翻来覆去睡不着，头痛欲裂。

迷迷糊糊中，他看了一眼手机屏幕，才两点四十七分，还早，再睡会儿吧。可是没过几分钟，他又想喝水。他看到床头柜上放着一杯已经冷却的白开水，心里突然生出一股暖意来。不用问，一定是舒兰昨晚给他倒的。

舒兰能够容忍他半夜酩酊大醉进家门，已经是万分恩典，还容忍他睡在客房的床上，把被子给他盖好，更让他感到不可思议。这白开水又是怎么回事呢？难道不是舒兰倒的吗？他的脑子里突然出现幻觉，会不会是童曼呢？

但幻觉终归是幻觉，一瞬间也就过去了。

当然不可能了。今天是童曼的新婚之夜，此刻她应该在石天来的怀抱里安然沉睡才对。所以，这杯水一定是舒兰倒的。他蹑手蹑脚地起床，轻轻地推开舒兰和女儿囡囡的房门。囡囡这半年来太折腾人了，白天要睡到中午十一点才醒，晚上不闹到两点，绝对不会睡觉，而且睡觉不睡床，必须要睡在舒兰的怀里。舒兰没有办法，只能靠着床头坐一整夜，抱着囡囡哄，等囡囡睡着了，她也早已经累得筋疲力尽，靠着床头就睡。第二天七点钟，舒兰要准时起床，收拾屋子，把囡囡的小衣服扔进专用的小洗衣机里，然后去楼下的超市里买新鲜的食材，回家以后晾衣服、打扫卫生，这一晃就十一点多了，又得赶紧给囡囡准备各种各样的吃食。孩子太小，吃的东西都必须要精心制作，不仅营养要均衡，口感要美味，而且颜色、样式一定要新颖，每天变换花样。

舒兰并不是一个专业的家庭主妇，她曾经有一份很好的工作，在一家出版社当编辑，每个月收入不比年十一的少，但为了带孩子，她辞了工作。年十一想起这些，心里也难免不是滋味，他感到一种深深的愧疚感正在侵蚀着他的身体。但他又仅仅只是有愧疚感而已，没有其他念头，更谈不上爱。

当年，若不是舒兰穷追不舍，让他感动得实在难以拒绝，又恰逢父亲病重，他又怎么会抛下童曼和舒兰结婚呢。这一切，都像噩梦一样地发生着，一旦坚守不住自己的内心，寂寞、良知、责任感，就像洪水一样，冲垮堤坝，摧毁他的意志，然后妥协。向生活妥协。

结婚以后，年十一一直冷冷的，即便舒兰告诉他，她有了孩子，他也高兴不起来。这七年来，舒兰确实为他付出了很多。

年十一的老家在农村，父母是地地道道的农民，父亲心脏不好，母亲常年腰疼，身体每况愈下。当初，父亲生病住院后，催促着儿子赶快结婚，儿子有了属于自己的家，他们也就放心了。

年十一在电话里说，小曼，我们结婚吧，我爸病得很严重，他现在唯一的心愿就是看着我成个家。

童曼对着电话,捂着嘴巴不敢哭。她又何尝不想辞了工作,去西安和年十一结婚,一辈子厮守在一起呢?但是自从哥哥出了车祸去世以后,母亲的精神状态越来越差,她成了家里唯一的希望,父亲母亲逼着她嫁给一个领导的儿子。其实这样的生活也没什么不好,那个男人长得一表人才,对她也是彬彬有礼,但是她的心早就被年十一占据得满满的。她犹豫着,说不出话来。

年十一说,好,我懂了,我不会为难你。

第二天,年十一就在黄于格的介绍下,认识了舒兰,舒兰是丁安娜同事的表妹。年十一明确地告诉舒兰,我想找一个可以结婚的,为了让我爸妈安心,我父母身体不好,我不想让他们为我的个人婚事过多操心。不承想,两个人见了一面之后,舒兰就爱上了年十一。

舒兰二话没说,拉着年十一就去了医院,手里还拎着水果和花篮。在年十一父亲的病床前,舒兰和年父开心地聊着天,第一次见面仿佛就是一家人。

此刻,年十一看着舒兰靠在床头,怀里抱着囡囡,歪着脑袋睡觉的样子,心又软下来。

他走过去,在舒兰的额头上轻轻地吻了一下,又抚摸了囡囡的脸颊,才蹑手蹑脚地退出了房间。年十一的内疚感油然而生,但很快,那种感觉就过去了,也就是他撒了一泡尿的时间吧,所有的自责随着冲水马桶一起流进了下水道。

马斌的老婆刘水英一早就打来电话,怕年十一他们不再管马斌了。年十一说，你放心，我马上来医院。说罢，年十一就准备出门了。正在这时，舒兰起床了，她一脸疲惫地问谁在医院呢？怎么回事，昨晚喝那么多？

一个朋友，年十一淡淡地说。他没有把工人摔伤的事和舒兰说，他知道说了就是一顿抱怨。

不说算了。舒兰明显对年十一的回答不满意。

年十一也不想多解释，重重地摔门而去。

他回想起昨晚，和黄于格从医院出来，在烧烤店里的一些场景。黄于格是下定决心要离开的，他舅舅舅妈开养猪场已经二十多年了，生意一直都很好，只是夫妻俩如今年纪大了，也挣够了钱，想把这份产业转手，去南方和儿子、儿媳一起生活，也帮他们照顾照顾孩子，享受天伦之乐。舅舅舅妈不舍得把那么大的养猪场交给不熟悉的人，怕经营不好，这么多年的心血就白费了，就想着黄于格要是来接手的话，他们也就放心了。这事说了好几次，黄于格一直没下定决心。如今，他离了婚，公司发展也到底了，目前他孑然一身，刚好是个重新开始的机会。虽说养猪又脏又臭，但年十一还是挺羡慕他的，他回去是当老板，也不需要什么事都自己亲历亲为。反而是年十一比较迷茫，不知道接下来该做什么。

眼下，当务之急是，马斌后续的医药费该怎么办？他和黄于格已经商量好了，决定把公司能卖的先卖了，再四处借点钱吧，不管咋样，要尽全力给马斌治疗。

一到医院，刘水英就说马斌的麻药劲儿已经过了，半夜疼得直叫唤，吵得整个病房的人都没法睡觉，医生来了两次，给打了一针止痛药，又给了一片安定，这会儿刚睡着。年十一看着刘水英那张憔悴的脸，又看看睡在马斌床边的他们的女儿，心里空落落的，不知道他们接下来要面对的是什么。

其实，他内心也有对自己的担忧，公司其实卖不了几个钱，可能连马斌的医药费都不够，更别说后期的康复治疗了。今天已经9号，每个月13号银行卡上会准时准点扣掉四千多元的房贷，这笔钱该如何解决？他还没想好。

一个星期很快过去，年十一每天的大部分时间都在医院待着，要给马斌、刘水英和他们的女儿买饭、买水，至少要保证他们一家人不饿着。几天的相处，年十一发现马斌一家人还是挺通情达理的，一点儿也不贪心。每到吃饭的时候，刘水英就叮嘱年十一，别买太贵的，随随便便吃一口就行了。这让年十一觉得心里很温暖，但马斌一家人越是这样善良朴实，就越是让他心里过意不去。

突然有一天，马斌对年十一说，兄弟，我这还得养些日子呢，没啥大问题就出院回家去养吧，这医院住不起啊，每天大几千，谁受得了？

年十一说，医生让住，咱就住呗。

马斌说，那咋行，再这么住下去，迟早得把你拖垮。兄弟，我知道你的为人，我很感动，也很感激，你还年轻，我不能为了这条腿把你的前程搭上。我知道你们也不容易，在这西安城里住着，看着风风光光的，其实压力可大了。

年十一感动得眼眶都红了，果然好人有好报，他以真心待别人，别人就能真心待他。原来，父亲的教诲都是对的，做人还是得善良，出了事要自己承担，逃避并不能解决问题。

接着，马斌又说，我打算回南麓老家去，我这腿肯定大半年都干不了活，在西安待着还要交房租……

年十一说，房租我给你们交，你安心养着。

马斌又摇头，说还是回老家去吧，这几年也攒了些钱，等腿好了，把家里那破破烂烂的老房子修了，以后也就不出来打工了，种点庄稼种点菜，能过日子就行了。

年十一问，那你后续的治疗费，我是一次性给你呢？还是你花多少我给你报销多少？

马斌犹豫了一阵子，摇摇头说，我真的是不忍心，你为了给我治病，公司都卖了。如果你当时不认账，我也就认了，这就是我的命……

年十一打断他的话，你别这么说，你是给我们公司干活时出的事，不管咋说，我都逃不开这份责任，你这么宽待我，我已经感激不尽了。你要回老家，修房也好，养病也好，我都会负责到底的。

又过了一个星期，年十一和黄于格终于把公司成功转手了，他租的这个办公区早在一年前就被隔壁的房产中介公司盯上了，说要扩大公司规模，公司里的所有东西他都全权接手。其实算下来卖不了几个钱，所有的设备加起来还不到二十万。这天，他们俩正在公司清理财产时，柱子来了。

柱子一进门就坐在年十一的办公桌前,把皮包放在沙发上,双脚架到桌子上,欲言又止。

年十一给柱子发了烟,点上。自己也拿了一根抽起来。

"十一,你脑子肯定进水了!"柱子还是发话了。

"你脑子才进水了!"年十一知道柱子说的是给马斌赔钱的事。

"二十六万!他那腿值二十六万?"柱子愤怒地红着脸。

年十一说:"咋不值?我要是有钱,我还想多给老马一点呢。我咨询过医生了,他后期还需要康复治疗,没个十来万搞不定。老马想回老家修房子,手头上其实也没多少钱,我想着多给他一点,他也能把房子修得体面点,以后也好安安心心过日子。"

"这个事情老马自己也有责任,他规范操作的话,能出这样的事吗?"

"现在我们不要纠结这些了,谁也不愿意出这样的事情。"

"再说了,这事你俩不和我商量也就罢了,最起码你俩也该慎重考虑一下。"

黄于格说:"我听十一的。他怎么处理,我都同意。老马也挺不容易,以后一家人生活更加困难了。"

"你们两个都是大善人,我倒成恶棍了?我还不是为了你们好。"柱子把烟头按在了烟灰缸里,"十一,你别忘了你现在的处境,这个月的房贷可还是我借给你的,你想过没有,下个月咋办?"

"一码归一码，我借你的是我的事。"年十一并不想让黄于格知道他的困难，他了解黄于格，黄于格一旦知道了他的难处，肯定会想尽办法帮他的。但黄于格其实也不宽裕，离婚的时候是净身出户，只带了日常的衣服和生活用品，这半个月来住的都还是小旅馆，六十元一晚的那种。

"你不要什么事都站在别人的立场，也该多为自己考虑一下。"柱子说完，又点了一支烟。

黄于格心情一直很低落，眉头始终打着结："这事也怪我，没有给老马买保险，要不然他们还能多得几个钱……"

"于格，你真的要离开西安吗？"柱子问。

黄于格也点着了烟，反问道："我还有别的选择吗？"

"你这也太惨了点，小说都写不出你这悲剧，公司破产，老婆和你离婚，家也没了，你接下来咋办？"柱子说。

黄于格一笑，说："也没你说得那么惨，至少哥们儿还活着，还有个女朋友。"

"女朋友？"柱子和年十一异口同声地问，吃惊得下巴都快要掉下来了。

"其实我们认识有半年多了，只是一直没把话说开而已，如今我无妻一身轻，索性跟她表白了，谁知她说她心里惦记我好久了。"

"藏得够深！"年十一说，"这事连我都不知道。"

"讲讲呗，咋回事？"柱子好奇心向来很强。

黄于格突然有点难为情，低着头扭捏了好一阵子，才开口说了他和张丽莎的故事。他们是去年冬天在地铁上认识的，当时张丽莎怀里抱着孩子，背上背着一个黑色的大帆布包，身体病恹恹的，下地铁的时候晕倒了。黄于格见状就和两个好心人一起扶着她去了医院。在医院，张丽莎进了急诊室，孩子没人抱，黄于格就在急症室门口抱着孩子等她出来。黄于格是个善良的人，平日里就爱助人为乐，何况是这种紧急的时候。经过检查，张丽莎被确诊是贫血，输两天液，再吃些药便会没事的。她清醒过来的时候已是半夜十二点多，一见这个陌生的男人抱着她的孩子守护在她的床边，当下感动得鼻涕眼泪直流。

在黄于格的反复询问下，才知道她是带孩子来西安看病的，孩子的智力有点问题，三岁多了，大人跟她说话她一点儿反应也没有，也不会说话，不会走路。孩子的爸爸常年在外打工，知道孩子身体有问题后，立刻就换了手机号，从此杳无音信。张丽莎一边说一边抹眼泪，说自己这次运气好，碰见了好心人，不然还不知道该咋办呢。就那样，黄于格好人做到底，陪着张丽莎带孩子在医院看病，前前后后折腾了半个多月，医生说她听力也有问题，要安装人工耳蜗，还要进行康复治疗，这不是一天两天或者一两个月能治好的，可能得长期住在这里，费用也是一般人难以承受的，让她自己考虑清楚以后再做决定。

张丽莎是山西河津人，从她的描述中得知，她住在一个十分偏僻的小镇上，她当年大学毕业本来是可以去学校教书的，但她放弃了安稳的生活，想去大城市打拼，结果没打拼出什么名堂来，反倒荒废了十年的青春，一晃三十来岁了，只好又回到那荒芜的小镇上，在父母的催促下结了婚生了孩子，谁知命运对她毫不怜惜，女儿又成了这样。

张丽莎回到老家以后，就下定决心要给女儿治疗，不管砸锅卖铁还是倾家荡产，她都要让女儿成为一个健康的正常人。于是，她把老家的房子及其他一切财产都卖掉了，带着女儿又回到了西安。黄于格帮她在医院附近租了房子，还常常去看她们，一来二往，两人便熟悉了。

直到前些日子黄于格跟妻子办理了离婚手续，才把他内心想要保护张丽莎母女二人的强烈愿望激发了出来。他对年十一和柱子说："我要成为她的依靠，她的避风港，绝不会再让她受苦受累了。"

"我看你是疯了，好好的家不要，非得找个带着拖油瓶的女人！"柱子气得咬牙切齿，"你是不是把人家睡了，甩不掉了才跟你媳妇儿离婚的？"

"你胡说八道什么呢！没离婚之前，我跟她连手都没牵过一下。我跟丁安娜离婚不是因为她，而是我们早就过不下去了，不如放彼此一条生路。"

"我信你个锤子！"柱子平时在单位压抑太久，总要表现得斯斯文文，更不能爆粗口，得时时刻刻注意自己的言谈举止，所以每次在年十一和黄于格面前就特别地忍不住。

黄于格苦笑道："你爱信不信！"

"行了，于格跟你不一样，他需要的是感情的依托，精神的归宿，谁让于格是诗人呢！"年十一也打趣他道。

黄于格无奈地说："唉，当个诗人容易吗？再说这与诗人不诗人有啥关系呢？"

"行了，我得走了，我两点的飞机去北京，有个重要的会议得我亲自去一趟。"柱子喜欢把自己的身份抬高一点，明明就是他被领导安排去北京出差，却偏偏要加上"亲自"两个字。

"那你亲自出门，路上得亲自注意点儿安全啊！"年十一调侃道。说完，三个人都笑了，然后大家各自散去。

黄于格收拾了自己的东西，开车驶出了楼下停车场。年十一大概知道了他要去干什么——去找张丽莎。他看得出来，黄于格这次是动真感情了。

年十一站在办公室的窗户前，看着外面人流如潮的大街，这时，正是中午十二点，办公楼里的人陆陆续续走出大门去吃午餐，顺便给自己的身体放两个小时的假。

暮色四合，天空渐渐暗下来，天与地之间的缝隙很小，小得好像只落在人的头顶，那么压抑，那么昏暗，那么沉重。漫无边际的孤独，在整个城市里弥散开来，霓虹灯先是三三两两地亮起来，接着大片地亮起来，然后，整个夜空被照亮。

年十一坐在路边的烧烤摊上，独自一人喝着啤酒，满脑子却是童曼的身影，她忧伤的脸，她开心地傻笑，她纤瘦的身姿，她深情的目光……

他发现自己的身体很空很空，心脏仿佛悄无声息地飞走了，只剩下他空荡荡的躯壳，孤独地放置在热闹的人群中。他努力地克制自己不去想。但越是克制，越是想。

直到童曼出现在他眼前，他心里紧绷的那根弦才渐渐松弛下来。

"我跟你说了，不要打电话给我！"童曼一坐下，就气冲冲地对年十一说。

年十一委屈道："你以前从不这样对我大声说话。"

"以前是以前，现在是现在！现在我结婚了，我有自己的家庭了，我不能再像从前一样，任你招之即来挥之即去！"童曼的气还没消，说话依然字字清晰，铿锵有力，像豆子一样颗颗分明地打在年十一的脸上。

年十一沉默着，不知道该说什么。童曼见年十一这副哀伤的表情，心又软了下来。她知道，若不是情深至此，又怎么会不顾一切要与她联系呢，她又何尝不是如此？当初，得知年十一结婚了，她在他家楼下站了很久……

此时此刻，和当初多么相似，只不过角色转换了，彼此都经历了一次这种撕心裂肺的疼痛。她骂他："你简直疯了！"

年十一低着头，醉意更浓了，点一支烟兀自抽起来。

"对，我的确是疯了，我早就疯了。小曼，我也想拯救自己，但是我做不到啊……"

童曼看着年十一痛苦的表情，忍不住头转向另一边。

秋风扫过大街，寒气袭人，那风不动声色地割着人的皮肤，刀子似的。街道上，被风卷起的落叶、灰尘以及一些小纸屑，向这边滚动着，一直滚到年十一的脚下。他把烟头扔在一片枯黄的梧桐树叶上，然后用脚狠狠地踩灭。他以前从来不在童曼面前抽烟，这大概是第一次。

童曼挪了挪椅子，向他这边靠近了一点。

"十一，对不起，我不该凶你。"说完，眼泪就顺着脸颊往下流，无法控制地流，她也不去擦，任它一直流。

大街上来来往往的人，面无表情地从他们身边走过。在这川流不息的城市，没有人会注意他们是谁，没有人会花时间和心思去猜想他们是什么关系。年十一刚刚结婚的时候，对于他们两人私下见面还有所顾忌，怕被熟人看见。那时候，童曼就打趣他，你以为你是大明星吗？大家都非得盯着你看？你看着满大街的人，谁不是只顾着走自己的路，想自己的事，管别人谁是谁！

而此刻，担惊受怕的却成了童曼，她四下张望，生怕遇到熟人，心里总有一只小鹿在蹦跳着。

"十一，忘了我吧……"

年十一怔怔地看着她。

"你爱上他了，是不是？"

"没有。"

"你就是爱上他了！"

"没有，他……他对我挺好的……"

"那你爱他吗？"

"他帮我换了工作，冷的时候给我添衣服，饿的时候带我去吃饭，给我妈买进口的治眼睛的药……"

"那你爱他吗？"

"这些还有那么重要吗？"

童曼自始至终都没有说出一句爱丈夫的话，但她说起丈夫的时候，脸上已经十分平静，不像从前那样面露哀伤。年十一记得他刚刚知道童曼要结婚的时候，几近崩溃，还扬言要去找石天来算账，尽管他不知道要去找那个男人算什么账。童曼什么也不说，只是默默哭泣。后来，年十一不闹了，他知道他越闹，童曼的心就越痛。七年了，童曼爱他爱了七年，他有什么资格责怪她要嫁给别人呢？他给不了她未来，只能让她痛苦。他闹完以后，又悔恨，骂自己懦弱，骂自己对不起童曼。

此刻，年十一仍然悔恨，相识九年，他结婚七年，她爱了他七年，最终的结果是他没有离婚，她却嫁给了别人。而他，连心酸和吃醋的资格也没有了。

童曼的眼泪被风吹干。

年十一也平静下来。

他们离开烧烤摊，沿着大街一直漫无目的地走着，一前一后，谁也不说一句话。这一刻，仿佛所有的语言都是苍白无力的。

童曼的手机响了，打断了他们之间的沉默。她对着电话，轻轻地说："好，我知道了，马上回来。"

"是他?"年十一问。

年十一问完,又觉得自己的问题简直就是多余。他希望她说什么呢?说不是他?但他又十分坚信,就是石天来。

童曼说:"我得回去了。"

"小曼,你过得好吗?"

童曼刚想说话,年十一又接着说:"你瘦了。"

"没有,我本来也不胖。"

"不,我的意思是,你更瘦了,你的身体看起来轻飘飘的,我心疼你。"年十一发觉自己的眼眶有点胀,他怀疑自己再多看童曼一会儿,眼泪就会进出来。

童曼选择性地回答道:"我一直都这么瘦,不是最近才瘦的。我得回去了,你也快回家吧……"

年十一想抱一抱童曼,但最终没有那么做。这七年来,他们一直在努力地克制自己,绝对不做越轨的事情,只做彼此内心深处的那道白月光,在对方忧伤、难过的时候给彼此一些精神上的鼓励和安慰。其实这七年他们也很少见面,甚至连电话都很少打,只隔三岔五地发发微信,聊聊近况,聊聊理想,聊聊人生,也聊聊思念。

此刻,他很想抱抱她,像曾经第一次抱她那样,没有之后的这些故事和错过、遗憾、歉疚。

"小曼,我觉得你变了。"年十一怯生生地说。

"对,我变了。以前是我傻,如今我清醒了。你也别再说你多爱我,如果你爱我,你当初就不会娶她。"

"当初？当初是你不愿意跟我结婚的啊。"

"你那么快就跟别的女人结婚了，我能怎么办啊？"童曼的情绪又一次激动起来，"当初，我说我需要时间，来说服我爸妈，来处理好家里的事，可是你，你却和别人结婚了……"

"我……"年十一想说点什么，但他知道说出来的都是遗憾。他蹲在地上，双手抱着头，用十根手指狠狠地拉扯着自己的头发。

"错过的，就再也回不去了。我们都没错，只是有缘无分，要怪，只能怪上天的安排。十一，回家吧。"童曼拉着年十一站起来，她接着说，"人生实苦，唯有自渡。以后，我们再不要见了吧，各自的苦，各自嚼嚼咽了，谁也不要怪谁。好不好？"

童曼的话像针尖刺进了年十一的心里，但此刻他只能眼睁睁地看着童曼转身离去。他终于知道自己身体里丢失的那颗心去了哪里。

被童曼带走了。

早知道舒兰会闹，年十一一定不会回家的。

这种闹，已经持续了一年多，莫名其妙，毫无理由，一个眼神，一声叹息，一个小举动，都会成为吵架的导火索。

年十一和童曼分开以后，快快地回到家，时间本来已经不早了，他以为舒兰和囡囡已经睡了，但是没有，囡囡一直哭闹，不睡觉，要去楼下的广场坐摇摇椅。

舒兰把囡囡带下去了两次，摇摇椅被超市老板收进了屋里，大街上并没有可以玩的东西。舒兰好说歹说，才哄得囡囡答应回家来。囡囡刚刚有了睡意，年十一就推开了门。一见到爸爸回来，囡囡又兴奋起来，非要跟爸爸玩，还要让爸爸当她的摇摇椅。

年十一无奈，只好趴在地毯上，弓着身子，让囡囡坐在他背上。舒兰打开手机，放着摇摇椅上常放的音乐，让年十一动起来，像摇摇椅那样前后有节奏地匀速活动着。年十一动了几下，感觉腰都要断了，便随口抱怨道："累死我了，咱不玩这个了。"

舒兰马上就来了气，一股无名火从脑门子里喷射出来。

"你累！就你累，你才哄了这么一会儿孩子，你就累了？我成天二十四小时一分钟都不能松懈，我抱怨过累吗？"

"我没跟你说话，我在跟囡囡说呢。"年十一强忍着怒火没有发出来，毕竟当着孩子的面，他怕吓着她。

舒兰不依不饶，继续发火道："对，你眼里哪还有我啊？在这个家里，你当我是空气吗？自从跟你结婚以后，你知道这七年我是怎么过来的吗？我以为你会慢慢被感动，慢慢地有责任心，没想到你永远都那么铁石心肠！"舒兰越说越起劲，"七年了，你除了为了想要孩子才跟我亲热，平时抱过我一次，亲过我一次吗？不管我是累了、病了，你有照料过我一下吗？连产检这么大的事都是我一个人去的，你总说公司忙，走不开。好，我理解你，囡囡出生以来，这五百多个日日夜夜，你知道我是怎么熬过来的吗？"

"不要当着孩子面吵,好不好?"

"我这是和你吵吗?你觉得我这是和你吵架吗?你就不能好好反思一下你自己?"

"你今天是哪根筋搭错了?非要吵架是不是?"年十一不知道舒兰哪里来的火,瞬间就像爆发的火山似的,"岩浆"注满整个客厅。

囡囡吓坏了,哇哇大哭起来。舒兰这才停下来,抱过孩子,满脸怨气地瞥了年十一一眼。她蓬乱的头发更乱了,脸色蜡黄而灰暗,没有一丝红润和光泽。

"嘭!"卧室门被关上了,囡囡的哭声被阻隔在房间里面,舒兰的骂声也被阻隔在房间里面。年十一知道,舒兰是不会轻易罢休的,她一定会把囡囡哄睡着了,再来吵一架,非得出了心里那口气才能结束"战斗"。

这样的日子,不知从什么时候开始的,舒兰觉得忍受着委屈,年十一也同样感到憋屈。他甚至有一些后悔,后悔当初草率地做了结婚的决定,辜负了童曼,也委屈了舒兰,父母若是看着他们过成现在这样,肯定也会感到痛心。但好在舒兰是个识大体的女人,不管在家跟年十一怎么吵架,在父母和外人面前还是知书达理的。

其实,结婚没多久,年十一就明显感觉到,他根本无法适应舒兰的性格,想不到一起,也说不到一起,常常因为一点小事,甚至一句话引发一场"战争"。

在一个平静的夜晚,年十一准备和舒兰好好谈谈。

"我觉得咱俩现在的状态不对……"

"你说清楚，是你不对还是我不对？"还不等年十一说完下半句，舒兰就打断了。

"能不能让我把话说完，这样下去不累吗？"

"好，你说你说！"

"算了，不说了，永远都是这样。"

"我咋样了？"

"没咋样，你很好！"

"就不能好好说话吗？"

"是谁不好好说话？"

"日子还有法过没？"

"没法过了，大不了离婚！"

"离就离，谁怕谁！"

在双方短暂的沉默后，舒兰忽然哭了，两只流着泪的眼睛水灵灵地看着年十一，说："我哪里做得不好，我改还不行吗？我的性子是急躁了点，有时候嘴不饶人，但我对你的爱，对你的真心，你不是不知道啊……"

年十一感到无奈，权当自己没有说过这件事。又过了不久，他们为了一些小事大吵一架之后，双方又一次把话题引向了离婚。

第二天，舒兰就不见了，全家人辛辛苦苦找了她两天两夜，终于在一家酒店找到，她喝了安眠药，浑浑噩噩地沉睡着，年十一和家人找到她的时候，她还在昏睡中。

舒兰的举动让年十一更加反感，让他更加坚定了离婚的想法。可是之后几次提及，舒兰的反应都是各不相同且出人意料，要么是喝药昏睡，要么是一个人开车去偏僻的郊外静坐好久，要么哭得几次晕厥过去……

年十一很无奈，怪也只能怪当初自己选择另一半的草率，可一旦选择了就得肩负着一份责任。他安慰自己，也许是自己还不适应婚姻这座"围城"吧，之后即使吵架，他也不再提及"离婚"二字。再之后，他们就有了孩子。

果然像年十一预料得那样，等囡囡睡着了，舒兰又一次来到他的房间，继续跟他吵。

舒兰斜靠在门框边，对已经躺在床上假装睡着的年十一说："年十一，你给我起来！我话还没说完呢！"说着，就上前去掀年十一的被子，把他从床上拽起来。

"别闹了，睡吧！"年十一被舒兰一拉扯，差点摔在地上，他真想还手，可还是忍住了。他曾经也冲动过，冲动得想一巴掌拍死舒兰，但每每这些时候他都克制住了，一个大男人，怎么能打女人呢？

舒兰又梨花带雨地哭诉了起来："你知不知道，我带孩子有多辛苦？你知不知道，我为这个家，付出了多少？可是你，年十一，你的心里对我当真没有半分情意吗？"

年十一已经非常清楚舒兰的套路，她先是哭诉，当年十一没有什么反应的时候，她就会破口大骂。每每这个时候，年十一绝不能对着干，否则矛盾会迅速升级，指不定舒兰会做出什么疯狂的举动来。

这时年十一也会内疚,因为他对眼前的这个人,早已没有爱的感觉,也许从一开始就不是爱的感觉,只是婚姻将两个人捆绑在了一起。

自从有了孩子之后,年十一不得不服软,他违心地说着:"好了,是我不对,以后听你的,不惹你生气了……"

他真想做一个调查问卷,不知道别的夫妻都是怎么过来的?像他们这样的有多少?不是这样的话,又是什么样呢?

"快去睡吧,已经快一点了。"

舒兰却赖着不走,刚才还怒气冲天的她很快就像什么事也没有发生一样,她靠近年十一,双手揽着年十一的脖子。

年十一疲惫,不管是心还是身体,都有一种被掏空的感觉。紧接着,舒兰脱下了他的睡衣睡裤,而他却一点反应也没有。

的确,大概两年多了吧,年十一没有再碰过舒兰的身体,当舒兰告诉他,她怀孕了,他就感到自己解脱了。孩子出生以后,舒兰也有过几次要求,年十一都委婉地拒绝了,一说要保护她的身体,不能剧烈运动;二说孩子太小,身边不能离人。

年十一知道,今天是无论如何逃不掉的,他只好乖乖地躺着,任舒兰挑逗,但无奈他身体疲惫,且心里、脑海里全都是童曼的身影,怎么也进入不了状态。舒兰失去了耐心,问年十一:"你什么意思啊?"

"什么'什么意思'?"

"没劲!"舒兰骂了一句,气冲冲地下床离开了年十一的房间。

夜,又回归到往日的平静。年十一抽了支烟,沉沉地躺在这寂静的黑色中,任黑色无止无休地蔓延。

第三章　在爱里摇晃

在东方大酒店的豪华套间里，黄于格站在窗前抽了五六支烟，门铃才终于被按响。

"谁？"他问。

"我。"

他打开门，张丽莎一脸黯然，哭过的双眼又红又肿，脸也是浮肿的，整个人看起来比从前臃肿了一圈。

"怎么了？"黄于格本想跟张丽莎过一个浪漫的二人世界，不管怎么说，他好不容易算是自由了，她也答应了做他女朋友，来酒店开房是再正常不过的事情了。可是眼下，那个女人可怜兮兮的样子打乱了他的计划，抑制住了他的冲动。

张丽莎说："没事。"

"你说啊，到底怎么了嘛？"

"于格，我知道你是个好人，你一心对我们母女俩好。可是，有些事情我真的难以启齿……"

"我们之间还有什么不能说的？说啊！"

"他回来了。"

"谁？你前夫？"

"不是前夫，其实……其实我们还没办离婚手续呢……不过，我们肯定是要离婚的，只是没空去办手续而已……"

"你怎么不早说啊？"

"我如果说了，你还会帮我吗？"

"你……你……"

"对不起……是我不好，骗了你……"

"那你的意思是……是跟他继续过下去？"

"过不下去了，但他不答应离婚……"

黄于格的心颤抖了一下，拉着她在卧室外面的沙发上坐下。

"算了，这事不怪你，是我草率了……"

"你会原谅我吗？"她扑进他的怀里。

"我从来没有怪过你啊。"

"对不起……"

"别说对不起，我们之间不需要的。"黄于格紧紧地抱着张丽莎，把脑袋埋进她的脖子里，她长长的卷发柔柔的，总有一种说不出的温暖和力量，可以任由他的灵魂慢慢地下沉，下沉，不管沉到什么地步，她都能帮他托起来。

"这些日子，我真的生不如死。"张丽莎一边抽泣，一边用低沉的声音说，"给女儿治病花了好几万，效果还是不怎么样，眼看着女儿一天天长大，以后可怎么办啊……"

黄于格明白张丽莎的苦，她为了给女儿攒治疗费，同时打着三份工，没日没夜地劳作，就是希望将来有一天，女儿能像正常人那样生活。丈夫杳无音信已经两年多了，更别说给他们母女一分钱。

张丽莎接着说："昨天，他回来了，把我好不容易攒的两万块钱也拿走了，女儿的治疗费不能停，一停就彻底好不了了！女儿……女儿太可怜了……"

黄于格二话没说，从钱包里取出一张银行卡，塞进张丽莎的手里："拿着，先给孩子治病。"

"不，我不能拿你的钱。"张丽莎把卡放回到桌上。

"我只有这些了，不多，不到五万块，你先撑一阵子吧。"黄于格这一次直接把卡放进她的包里。

张丽莎没有看自己的包一眼，也没有再去把卡拿出来，而是紧紧地抱住了黄于格。接着，他吻住了她的嘴，她也用力地回应。他的手从腰上滑动到她的胸前。他脱掉了她的大衣，然后是毛衣，她穿一件黑色的蕾丝内衣，花边像黑天鹅的羽毛，刺挠着他的掌心，刺挠着他的每一根血管，他身体的温度在快速地升高，进而燃烧。

这时，她的电话响了。她对着电话说："好，我马上来。"

然后她拎起包，对黄于格说："我得走了，女儿在邻居家呢，不小心头磕了一下，我得赶紧带她去医院。"

"路上慢点。"

黄于格没有多想，就让她走了。很快，他身体里的那团火焰也默默地熄灭掉了。他站在洗手间的镜子前，看着自己蓬乱的头发，满脸的胡茬，被烟熏得焦黄的脸，眼眶有点发红。他不知道自己是不是鬼迷心窍了，竟然爱上了这样一个女人，她带着个生病的孩子，她还没有和丈夫办离婚手续，他能感觉到，她并不想和他有更多的身体接触，她的身体一直处于抗拒状态。可是，他却把自己仅有的一点积蓄全部都给了她。我是疯了吗？他问镜子里的自己。我爱她什么？她已经三十六岁了，比我还大一岁，也算不上年轻了，漂亮倒是挺漂亮的，但漂亮有什么用呢？丁安娜也漂亮，可时间久了照样觉得乏味。

他也不明白自己到底怎么了，就这么陷进了感情的旋涡里。

回想和丁安娜结婚的这些年，黄于格有种做了一场噩梦的感觉。他们是在大学的时候就好上的，那时候黄于格爱写诗，经常在杂志上发表诗歌，在学校的文学社里混得风生水起，追他的女孩子大概能从大礼堂排到校门口。丁安娜学的是声乐，学校的每一次演出，她都是台上一颗璀璨的明星，台下的"粉丝"成群，掌声雷动，尤其是她一袭白裙，坐在钢琴前一边弹琴，一边唱歌，那样子简直不知道迷倒了多少人。

不知道这样"光彩照人"的丁安娜到底是哪根神经搭错了，偏偏爱上了他——"诗人黄于格"。他发表的每一首诗，她都收藏下来，她开始学着写诗，以此为由头来"请教"他，和他慢慢接触，时间久了，黄于格发现这个女孩子其实很温柔随和，善解人意。他是农村来的，而她从小就生活在西安这座大城市,几乎没去过乡下,但她言谈举止里从没表露出一丝嫌弃和傲慢,反而表现出对乡村山野十分向往的样子。

黄于格一开始是拒绝丁安娜的,他不是个"好高骛远""不识时务"的人,他不会"癞蛤蟆想吃天鹅肉",他清楚自己的家庭条件是怎样的,父母能够供他上大学,已经十分不容易,二老省吃俭用得令他感到不安和愧疚,他不能再奢望毕业后能留在西安。黄于格还有个姐姐,比他大一岁多,当年的学习成绩在县一中名列前茅,但高考的时候她却故意没有答完试卷,她想把上学的机会留给弟弟。黄于格最终也没有让姐姐失望,考上了理想的大学。但那几年家里有多艰难,他是一清二楚、永生难忘的。姐姐在外地的电子厂打工,加班加点地工作,挣的钱一分都不敢乱花,全部都寄回老家来。

黄于格这大学上得很艰难,他已经十八岁了,不想再拖累父母和姐姐,所以总不愿意要他们的钱,即使他们给了,他也舍不得花,而是自己一边读书,一边打工,硬是撑过了四年。当时黄于格写诗,也挣过不少稿费,尤其是获了几次奖,奖金几乎能够他一学期的生活费。但要谈恋爱,他还是心有余悸,怕自己的经济水平无法支持恋爱的开销,也怕自己陷入感情的旋涡而耽误了学业,将来找不到好的工作。尤其是丁安娜那样"光彩照人"的女孩子,他更是碰不起。一个冰激凌至少二十五块,一杯咖啡至少十八块,一张电影票至少三十块,一顿饭至少一百块……他算来算去,这爱情的代价实在太高了,而他稿费的收入远远满足不了这些要求。

他除了拒绝，别无选择。

可丁安娜执着，每天都去宿舍楼下等他，还让同学帮忙叫他。一个星期下来，整栋楼都知道了有一个漂亮的女孩子在楼下等黄于格，弄得黄于格下楼也不是，不下楼也不是。反复地思量以后，他只好下楼去跟她说清楚。

"你什么意思呀？"黄于格问。

"我喜欢你，就这个意思。"

就这样直截了当，黄于格和丁安娜在一起了。

很快，他们大学毕业了。迎接他们的并不是美好绚烂的未来，而是无情的现实和残酷的竞争。丁安娜很顺利地进了一所民办艺术学校，至今都没有换过工作。而黄于格的就业路就坎坷得多了，他学的是计算机软件开发，刚开始他也找了几家专业对口的公司干了几年，但时间久了，他就愈发觉得生活毫无意义，这么混下去不是办法，然后就开始频繁地换工作，就是这个时候他和丁安娜的婚姻出现裂痕的。本来他们结婚的时候，丁家人就没有一个同意的，毕竟他这样的经济条件跟她实在太过悬殊，但丁安娜坚定不移，誓死相随，两人只领了结婚证没有办婚礼就开始了婚姻的漫长旅途。他换工作最频繁的时候一个月里去了三家公司上班，结果都是不到一周他就不想干了，要么嫌工作内容乏味，要么嫌工作环境太差，要么和面试时了解的不一样……总之，就像丁安娜说他的那样——三天打鱼，两天晒网。

此刻，黄于格看着镜子里的自己，这几年的确是老了一大截，脑袋上稀稀疏疏的头发乱七八糟地耷拉着、眼角的皱纹如同纵横的沟壑、下巴上堆积的脂肪和胡茬、被烟熏黄的牙……他突然觉得自己这副面孔太丑陋了，不忍目睹。是啊，就这样一副皮囊，丁安娜怎么会喜欢呢？何况，她爱上的只是他的诗，但他早就不写诗了，他已经忘记了那些句子是怎么从自己的脑袋里蹦出来的。此刻，他只觉得疲惫，深深的疲惫，还有罪恶感，深深的罪恶感，一起将他的心掏空了。那种空，是看不到希望的空，是无法填补的空，是不能被治愈的空，灵魂深处仿佛破了天那么大个口子，谁能弥补得了呢。

几支烟过后，黄于格的心情明显好转起来。他打电话给张丽莎，想问她到家了没有。可是张丽莎关机了。

之后，张丽莎的电话一直处于关机状态。

酒吧里。

"你脑子被驴踢了吧！"柱子又开始爆粗口。平日里压抑久了的他，爆起粗口来简直要多爽有多爽，他很享受这种感觉。

"于格，你怎么能这么蠢呢？五万块啊，又不是五百块！怎么说给她就给她了呢？"年十一也气愤得恨不得踹他几脚。

黄于格双手抱着头，一句话也不说。

柱子又说："她有什么好，让你鬼迷心窍？"

"一个人带着个孩子不容易，就当我积德行善了吧！"黄于格只能这样安慰自己。

"你这回陷得可有点深啊，啥都没干，五万块钱先没了。"柱子还是咽不下这口气。

"好了,柱子,别说于格了,他心里正难受呢。"年十一说,"于格,你接下来有什么打算?"

"我明天出发。"黄于格说。

"回?"

"回。"

"回去接管你舅舅的养猪场?"

"嗯。"

柱子问黄于格:"你就打算一辈子和猪待在一起?"

"能不能说得好听点?我这叫返乡创业。"

"你打算待在老家,不出来了吗?"

黄于格摇头:"不知道,谁也不知道未来会发生什么,走着看吧。"

兄弟三人都沉默着,不再谈所谓的人生和理想,以及那些摸不着的未来。只是碰杯、喝酒,出神地听着舞台上的乐队唱歌。

后来,柱子叫来一个姑娘,说是他刚认识的,在小寨附近的一个咖啡馆里上班,长得跟个洋娃娃似的,坐在柱子的身边也不怎么说话,只看着他们三个人聊天,给她倒酒她就喝,给她点烟她就抽。柱子是个对感情三心二意的人,总是频繁地换着"女朋友"。也或许那些根本不是女朋友,有的只是网友而已,见一面之后就再不联系了。他很喜欢跟不同的女人聊天,但真正要以恋爱的关系相处时,他又感到害怕和麻烦。

柱子有一次喝多了跟年十一说，这些年，他其实很想好好谈场恋爱，也曾遇到过一些不错的女人，但每每要谈恋爱的时候，他又无法控制自己内心的痛苦和恐惧。今晚，柱子又成了这样，胡言乱语不说，还哭了。在酒吧门外的大街上，黄于格已经打上车走了，他也给"洋娃娃"打了车，还嘱咐她回家后给他来个信息。"洋娃娃"走后，他就拉着年十一的手，说："兄弟，我怕。"

年十一问他："你怕什么？"

柱子说："一切，一切光明和黑暗，一切阳光和夜晚，一切的一切……"

年十一问："怎么回事，到底发生了什么事？"

柱子摇头，低头不语，眼泪簌簌地往下落。

"柱子，你有啥事，跟我说，不管你遇到了什么事，兄弟们都在的，你别这样。"年十一看到柱子这么悲痛，心里也空落落的，总觉得后背有一把冰冷的刀，正在划他的脊梁。

柱子这么痛苦地落泪，一定是到了伤心绝望的最深处。年十一不放心柱子一个人回家，说要去他家跟他住，柱子拒绝了，说不跟男人住。

年十一说："今晚不管你去哪里，我都跟着你。"

"我家里有姑娘，你跟着多碍事。"柱子脸上出现一副烂人、酒鬼的嚣张。

"我不耽误你，我睡客厅还不行吗？"年十一知道柱子只是在找借口拒绝他，这些年，柱子从没带过女人回家，他的孤独写在脸上。

柱子伏在年十一的耳朵上，问他："你是不是也不想回家？"

年十一没有回答，他满脑子都是童曼的身影。他开始浮想联翩，童曼此刻在做什么呢？年十一总是不自觉地就想到童曼，有时是因为某个场景，有时是因为某种心境，有时仅仅是因为某句话。

"你快回吧。"柱子说，"我没事的，你回去晚了又和舒兰吵架，没必要。"

说实话，年十一不想回家，但他又不想因此和舒兰吵架。

送走了柱子，年十一也坐上了出租车。他对司机说："去豪庭别苑。"

童曼和石天来的新房在豪庭别苑小区。车子刚刚启动，他就后悔了，发现自己醉得很厉害，头晕、胃疼、整个身子沉沉的，脑子里满是童曼的身影。摇摇晃晃中，他似乎又十分清醒，也许自己去了也只是徒增伤感罢了，根本见不到她，但内心就是无法控制，脱口而出就说了这个地方。

他打开手机屏幕，又关上，再打开，再关上，反反复复许多次。他想给童曼打个电话，又怕此刻她正和石天来在一起，这个电话响起来，她该怎么应付呢？他想给她发个微信，但依然有顾虑，怕石天来看到。

正在这个时候，童曼的微信过来了，是一个笑脸。年十一以为出现了幻觉，难道是童曼感应到了？

这是他们之前的约定，每次说话前先发一个笑脸，如果方便，对方就可以随意聊天，如果不方便，就问怎么了？然后说一点无关痛痒的事。尽管后来他们很少联系了，但这个信号和童曼是捆绑在一起的，年十一又怎么忘得了。

年十一像是即将坠入悬崖的人，一把抓住了救命稻草。他赶紧回复道：这会儿可以见你吗？

童曼：你在哪里？

年十一：马上路过你家，十分钟到。

童曼回：好，南门外见。

年十一没想到童曼答应得这么爽快，他的心扑通扑通地跳，都快要跳到嗓子眼里了。

小区南门外的花园里，童曼已经先到了。她穿着一件藏蓝色风衣，里面是一条白色的裙子，长发零散而飘逸地披在身后，和婚礼上浓妆艳抹的她相比，此刻的童曼显得更加有气质，但始终不变的是孤独，和婚礼那天一样的孤独。

她侧着身子，四下里张望，可能是在张望年十一的出现，也可能是惧怕撞见熟人。

大街上没有行人，只有三三两两的车驶过。

一见到年十一，童曼就说："我见你一面，得马上回去了。"

"他呢？"

"刚才接了电话，说去他爸那里取点东西，一会儿就回来了。"童曼的语调很慢，声音低沉而疏远。

"嗯。我就是想看你一眼而已,你回去吧。"他头晕得厉害,两条腿直打战,只能坐在花园的长椅上。

"遇到什么事了吗?喝这么多。"童曼看着年十一,随即将脸侧向一边,夜色下,她是那么清冷孤绝,不可触摸。

"没事,小曼,我……想你。"年十一在她面前始终是卑微的、小心翼翼地,他生怕他的某句话、某个动作,让她更加疏远他。

"十一,我知道你的感受,当年我就是这样熬过来的。"童曼说着,眼眶又红了。她接着说,"人生很多事,都是命中注定的,谁都拗不过命运的安排,很多事,错过了就是错过了,谁也改变不了结果。以后,我们还是别见面了吧。"

年十一瞬间像个木偶似的僵住了,但是他还是回应道:"哦,好,听你的。"

童曼说:"好了,我得回去了。"

"再待一会儿好不好?"年十一冲上去,一把拥住了她。

"我真的得走了,一分钟都不能再拖了。"话虽这么说着,但她却紧紧地抱住了他。

"我什么时候才能再见你?"年十一刚说过的"我听你的",还没过上一分钟,就又忘得一干二净了。

"不见了,以后再也不见了。"童曼放开年十一,声音冷冷的,和这夜风一样,冷峭、孤独、深邃。顿了顿,她接着说:"十一,你要坚强,振作起来,人生除了爱情,还有很多很多事要做,比如负担起对家庭的责任,比如努力工作,让自己有更大的人生价值，比如幸福地生活，不被世俗的一切所打扰。人生短暂，不要为了一段得不到的爱情而毁了自己的心，好吗？"

"这些话都是谁跟你说的？你以前从不这样想。"他放开了她，夜色中，两个孤独的身影相对而立。

她说："天来就是这样劝慰我的，所以我才能振作起来，开始新的生活。忘了告诉你，我不在以前的婚纱影楼上班了，后面我可能会去一家银行，最近正在办手续。"

"是他帮你的吧。"

"现在逢进必考，他只是咨询了一些熟人而已。"童曼说得轻描淡写，但年十一知道，这其中的程序必定少不了石天来的各方周旋，丈夫为妻子做这些事，理所应当，名正言顺，他没什么好难过的。他只是觉得他们之间真的越来越远了，再也回不去了。

"那愿你一切顺利！"年十一哽咽着说。此刻，他像是一个被世界遗弃的人。

柱子在家里睡了两天两夜才彻底清醒过来，他不知道那晚的酒为什么会那么烈，他脑子昏昏沉沉的，什么都想不起来。那晚一起喝酒的"洋娃娃"自从走了以后，再没有给他发过一条消息。当然，他也乐得清净。

这些年，柱子其实也很想好好谈场恋爱，成个家，像身边的同事、朋友那样过着"甜蜜而烦忧"的小日子。大学毕业后忙着考研，读研究生那几年又忙着一边工作一边学习，之后就考上了公务员,要说工作有多忙,其实也没什么可忙的,认识的人也几乎都给他介绍过,但大多都只在"互相了解"的阶段就无疾而终了。

这个问题,柱子也认认真真地反思过。长得漂亮的女人大多都很现实,长得一般的女人他又觉得不甘心,家庭条件好的女人一般都看不上他,家庭条件不好的女人他又嫌弃对方是个拖累。毕竟结婚是个很现实的事情,不仅是两个人的相处,也是两家人的相处。

事实上,柱子谈过两个女朋友,一个是白玲,一个是钟思。白玲是他的第一个正式女友,他们之前订过婚,双方父母也见过,婚纱照也拍了,酒店、婚庆公司也订了,连喜糖都装好了,万事俱备只欠东风的时候,柱子反悔了。他看着自己的户口本愣了许久,想着自己马上要成为别人的丈夫,要撑起一个家,心里的恐惧感立时像海浪一样将他淹没了。白玲是一名幼儿园老师,每天的工作其实也特别烦琐忙碌,劳累一天的她还要一边捶着自己的腰腿,一边洗衣做饭干家务。从前他丝毫没有觉得她的好,总是一味挑剔她,眼光老土,花钱吝啬,爱唠叨,爱问爱说。在家里,一年四季总是一身粉色都洗得发白的家居服,蓬头垢面地在这里擦擦,在那里洗洗。

柱子和白玲是通过朋友介绍认识的,确切地说,柱子是抹不开面子,才去见白玲的,因为白玲的表哥是柱子的领导,柱子不好拒绝。见了几面之后,柱子发现白玲是个挺朴实的姑娘，饭菜做得香，料理家务也是一把无可挑剔的好手，虽然样貌平平，但那时候的柱子一边在一家文化公司打工，一边读研究生，根本没多少钱，连在西安买房子的想法都不敢有，所以他还能挑剔什么呢。他向白玲求婚后，白玲把自己攒的九万多块钱一分不剩地交给柱子，又从娘家借了二十多万。就这样，柱子在西安有了自己的房子，小是小了点，但终于有了归属感。

一切本该平静安稳地往下进行，然而，厄运还是降临到白玲身上。她在学校门口带一群孩子过马路，突然一辆车冲过来，白玲为了保护学生，盆骨严重受伤。医生说，她可能以后不能生孩子了，但现在还不好说，得观察一段时间。

白玲因此消沉了很长一段时间，不敢对柱子提办婚礼的事，而这时的柱子其实也犹豫了，他不想结婚。不是不想和白玲结婚，是不想跟任何人结婚。无奈这时白玲的父母开始催问他了，硬是定下了婚期和酒店，安排好了一切事宜。就在商量好要去领结婚证的前一天晚上，柱子消失了，一个人坐着火车去拉萨闲逛了十多天，电话不接，短信不回。

白玲不是个不知趣的人，相反，她是善解人意又体贴大度的。她发短信给柱子，说她同意分手，不要躲了。柱子回来后，和白玲彻彻底底断了关系，除了那六十多平方米的小房子——那还是白玲付的首付款，柱子什么都没有给白玲。

当时，白玲还很愧疚，觉得柱子为这房子也付出了挺多的，当时他四处借钱搞装修，其中的煎熬她都陪着一起经历过。她问柱子,你以后怎么生活?

柱子随口一句,流落街头也好,沿街乞讨也好,你都不用管我了。

一个月后,白玲把房子卖了,一共卖了六十万。自己留了三十万,给了柱子三十万。柱子拿到卡的那一瞬间,眼泪就下来了。

白玲安慰他,没关系,走不到一起,咱们也还是朋友啊,你如果将来有什么困难,跟我说一声,我一定尽我全力。对了,你胃不好,我给你买了这个便携式的电热杯,你晚上把小米放进去,第二天早上就能喝到热热的小米粥了。她说罢,把手上的电热杯放在桌子上,眼泪也下来了。

柱子很想抽自己耳光,和一个柔柔弱弱的女人比起来,他简直不是个人!

但他终究没有下得去手。很多时候,柱子爱自己,胜过了爱这个世界上的任何一个人。当然,母亲和妹妹除外。

又过了好几年,柱子在母亲的催促下又谈过一个女朋友,但时间很短。那时候他刚在西安买了房子,手头上紧得连吃饭都得精打细算。那房子的首付款里,还有白玲当初给他的那部分。不管怎么说,也算是真真正正地在西安安定下来了。在大城市里有个家,不容易。

他跟钟思是在网上认识的,他忘记了是在哪个聊天群里加上的。钟思具体是做什么工作的,柱子也不是很清楚,只知道她那个公司的总部在美国,她在这个分公司里是个什么部门经理，别人都叫她钟总。他试图问过几次，但每次问起来，钟思总是说，说了你也不知道，西安的大公司多得去了，再说了，我们各自有自己的空间，我希望我们彼此不要干涉太多。

柱子刚开始还觉得这样的女强人很独立，不会太管着他，而且，她长得漂亮，带出去有面子。钟思跟别的女人不一样，吃饭、逛街、看电影总喜欢自己埋单，这让柱子没有太大的经济压力。

不仅如此，钟思还是一个高雅、知性、内心世界丰富的女人，浑身散发着职场女性的魅力和光芒。但时间一久，柱子就觉得她冷冰冰的，怎么都走不进她的心里。好几次，他想牵她的手，她都拒绝了，更别说情侣之间的亲吻拥抱。

柱子觉得挺没意思的，谈恋爱这种事一定要两情相悦，别搞得跟商务谈判似的，与其那样，还不如一个人待着，至少心里没痛没痒，清清静静。所以，从真正意义上来说，柱子其实只有过一个女朋友，那就是白玲。

此刻，窗户上蒙着一层厚厚的霜。这是晚上七点整，他突然从睡梦中醒来，酒后的眩晕已经彻底消失，只觉得世界一下子静得让人害怕。

一切的声音都消失了，他像是被抛在了另一个世界。一个无人的世界。

拿起手机，没有消息，也没有来电。只有一条手机欠费的短信通知。他赶紧连上无线网络，给手机充了话费。这个周末又浑浑噩噩地过去了，他自言自语道。

　　回想这几年，好像每一个星期五的晚上，他都在喝酒，有时候和同事、朋友，有时候一个人喝。他喜欢那种喝得要醉不醉的飘飘欲仙的感觉，在酒精的刺激下，他的脸颊、身体都会不同程度的发烫、发热，这样心里就不会觉得冷了。听着那些哐哐咚咚的刺激的音乐，他就不会感到世界的空荡荡和孤独。

　　睡了两天，他感觉腰酸背痛，嘴里又干又苦，爬起来烧了水、洗了澡，喝了一杯牛奶后，突然就很想去外面走走。他特意换上干净的衣服、鞋子，还吹了头发。

　　走出门才发现，下雨了。

　　他一个人在下着毛毛雨的大街上游荡了半个多小时，冷得双腿不听使唤，又走回了家。回到家，还是想出去走走，于是他到了地下车库，准备开车出去。一坐进车里，却发现自己并不想动，只想慵懒地靠着。这一刻，他只适合在一个狭小而逼仄的空间里压抑着、蜷缩着，连呼吸也不能自由自在。只有当一个人神经紧绷到极限的时候，才能更好地释放，现在还不是时候。

　　他想不通，身边的人到底怎么了？为什么大家都过得一地鸡毛？曾经他梦想中的荣耀、体面，早已不复存在，每天都只能在他那张办公桌前一点一点地耗费着生命。也许是他太想进步的原因，自从领导随手给了他一包烟，说，小李，你好好表现，你们办公室还缺个副主任，这事我放在心上呢。

他就一直在盼望着能坐到那张椅子上去。可是,一年多过去了,他每天鞍前马后地伺候着领导,加班加点地写材料,这事好像被领导忘了似的,再也没有被提起过。

上周星期四晚上,他几乎一夜没睡,就为了给领导写发言稿,可是写完了连着修改了五遍,领导都说站位不高,眼界太窄,让他再改。气得他差点儿砸了电脑。星期五一早,和他同一个办公室的张甜一脸笑意地走进办公室,对官名李研的柱子说:"李哥,领导叫我把稿子还给你,不用重写了。"柱子呆头呆脑地问:"那领导下午用啥稿子?"张甜说:"我给他写好了。"

张甜是去年新来的同事,小姑娘长得文文静静、清清秀秀,心眼子却比头发丝还多,整天闷不作声,却爱背后搞事情。

柱子没再继续说下去,气得下午还没下班就早早请假走了。本想对着年十一和黄于格好好倾诉倾诉,心里也能畅快一点,没想到一去便听到了黄于格和张丽莎的故事,反倒更让他生气。

再过几个小时后,他又得回到那张狭小的办公桌前,听着办公室里整天噼里啪啦的键盘声。

夜,是那么漫长,时间一点一点地流过,过得是那么慢,那么难熬。

柱子发现这样的生活,简直黑暗到极点。他从来没有这样厌倦活着,从来没有。

年十一暂时不打算找工作,他不想再去给别人打工。当了四年老板,他的心气儿已经变了,不再适合听人指挥,受人指使。

舒兰那晚闹了一场后消停了几日。这天,年十一一回家,舒兰就给他倒了杯水,让他先喝口水,然后洗洗手吃饭。而且她还专门把囡囡送回了娘家。

舒兰做了年十一最爱吃的土豆烧牛肉、白灼虾、红烧茄子。突然,她告诉年十一:"我准备回出版社上班了。"

年十一很诧异,觉得自己耳朵里的每一根汗毛都竖了起来。他之前在事业上顺风顺水的时候对舒兰承诺过,他负责赚钱养家,她负责安顿好他的大后方。他发现她今天变得不一样了:化了淡妆,涂了口红,抹了眼影,脸颊上若隐若现地闪着金色的光芒。

她接着说:"这几年我们都活得太累了,彼此要多理解,咱们好好过吧!"

年十一心里有种说不出的滋味。这些年,他和舒兰之间总是因为各种小事闹得不愉快,他甚至觉得他们的性格根本就不适合在一起,也正是因为爱情的缺失,让他的心里、脑子里时常被童曼的各种好填得满满当当。

舒兰又说:"我知道,你早就嫌弃我了,但是为了女儿,你就忍忍吧!"

年十一沉默片刻,放下碗筷,怔怔地看着舒兰,他明显感觉到眼前这个女人今天有些异常。

"从明天开始，周一到周五，我去我妈家住，周末我带囡囡回来。"舒兰很平静，从她的脸上看不出任何情绪的波动。

也许一个女人最大的改变就是喜怒不形于色。此刻的舒兰就是如此。

"那我怎么办？"

"你自己不能照顾自己吗？"结婚这么多年来，舒兰第一次说这样的话，语气异常冰冷、陌生、疏远。

年十一被噎得说不出话。

舒兰接着说："以后，衣服自己洗，这是楼下洗衣店的会员卡。"她把洗衣卡推到年十一面前。

"你这是要闹哪样啊？"年十一从进门到现在，一直都是蒙的。首先是一桌子饭菜，然后是焕然一新的舒兰，接着就是这番谈话。

"我没有闹，我在认真跟你说正事。"舒兰放下碗筷，郑重地说，"十一，七年了，我把所有的耐心和热情都耗在你身上，都耗在这个家里，从明天起，我想过我自己的人生。你不是要离婚吗？如果你真的想好了，我尊重你的选择。"

"你怎么回事啊？我今天提离婚了吗？"

"这还用说吗？你心里不一直都这么想的吗？"

是的，年十一想过无数次离婚的事，但每次一想到女儿，他就放弃了这个念头。以前，他总觉得家庭是个包袱，无数次想要扔掉这个包袱，总觉得舒兰是他身上那根拔不掉的刺，刺得他浑身抓狂。而此刻，当舒兰把他、把这个家，甚至把这段婚姻完全不当一回事的时候,他又开始慌了。如果在童曼结婚之前,舒兰是现在这个态度,他或许会毫不犹豫地选择离婚,可现在的童曼已经不属于他了。如果舒兰再离开他,囡囡不管跟着谁过,成长都会受到很大影响。

"你今天到底是怎么了?"年十一仿佛走进了一条黑暗的巷子,灯光越来越远,巷子也越来越窄,他好像触摸到了一堵冰冷的墙,也许,翻过这堵墙——离婚,他就会更加自由,但如果真是那样,人生又会是什么样呢?他的眼前出现了一片沼泽,或者荒漠,或者废墟。

"好好的,别闹了行不行?"

"你觉得我是在闹吗?"

年十一只能陷入沉默。

这样的场景,两个人已经上演了无数次,每次都是以年十一的沉默收场。吵赢了又能怎么样?年十一不想纠结在这种没有结果的死循环式争吵中。

"这样活着太累了,咱们心平气和地谈谈吧。"年十一打破沉默。

舒兰没想到年十一态度忽然变了,她看了他一眼,想说什么又没说。

年十一走到舒兰跟前,握住她的双手。桌上的饭菜慢慢冷却,他们之间也在慢慢冷却。

舒兰苦笑了一下。

年十一眼含泪光,突然一把抱住舒兰。说不清是被舒兰的话触动了，还是压抑已久的情绪决堤了。他想紧紧地抱着她，一股热流从他的脑门窜到心脏，全身的血液沸腾起来。舒兰也缓慢伸出双臂，抱住了他……

从第二天太阳升起的那一刻起，舒兰就离开了家，她重新回到出版社去上班，下班以后直接坐地铁回娘家去住。

年十一一整天都躺在床上，看着手机发呆，看着天花板发呆，看着窗外发呆。发一会儿呆，又睡一会儿，醒来后继续发呆。

夜幕初垂，繁华的西安又开始上演了全城堵车"大剧"，他站在窗前往远处看，二十五楼的高度在这个城市并不算什么，但俯瞰脚下的风景，还是很震撼的。一条条长龙在高楼之间穿行，行人如同蚂蚁一般在地上爬行，但都有序地走在自己的轨道上。他打电话给柱子，想约柱子出来喝酒，柱子说他正在去火车站的路上，要陪领导去趟北京，得五天后才能回来。

挂了电话，年十一又躺下。一天没有吃饭的他，忽然觉得有些饿了，他来到厨房，想煮点面条吃，可是当他烧开了水，却不知道面条放在哪里。

他第一次觉得舒兰不在，家里竟然空荡荡的，好像缺点什么，之前舒兰不在家他会觉得心情舒畅。这几年虽然相互有摩擦，日子过得并不称心如意，可是如果没有她，他又会过成什么样呢？可转念一想，这世界哪来的如果，即使有假设的另一种生活，也会伴随着很多意想不到的事情发生。

索性什么也不想了，先想办法填饱肚子。他打电话给她，问面条放在什么地方。

电话那边，舒兰正在逗囡囡玩，囡囡咯咯咯的笑声十分清脆悦耳。她说，在第二个橱柜上面那一层，放在一个透明的盒子里，可能只够吃一顿了，明天记得去超市买点。

年十一挂了电话，去找面条，果然在第二个橱柜上面那一层，透明的盒子里整整齐齐地装着一小把挂面。他想打个鸡蛋，找不到打蛋器，想给舒兰打电话，又觉得不好意思，索性用筷子把鸡蛋搅匀，倒进锅里。这时，电话响了。

是老家那边打来的，母亲在电话那边问："兰兰没在家吗？怎么不接我电话？"

年十一不想让年迈的父母知道他和舒兰现在相处的状况。便说："兰兰回出版社上班了，可能今天又加班吧。"

"兰兰给我和你爸在网上买的衣服，今天收到了，试了一下还挺合身。城里消费那么高，叫你们不要乱花钱，我们有衣服穿呢。"母亲说道。

年十一不知道舒兰给父母买衣服的事情，听母亲一说还有点惊讶，也有些感动，但他不能表现出来。他说："为你们买件衣服应该的嘛，也花不了多少钱。"

母亲和他寒暄了几句，问囡囡呢。年十一说囡囡去姥姥家了。母亲又问，公司最近怎么样？年十一说，好着呢，你们好好养身体，我这边一切都好着呢，你们别操心了。

挂了电话，电磁炉已经发出了"滴滴"的报警声。锅里的面汤已经烧干了，面条也烧焦了，鸡蛋也烧焦了，整个厨房里弥漫着一股难闻的焦味，他赶紧关火。手忙脚乱之中，手又不小心碰到了菜刀，顿时，右手的小拇指那里一股剧烈的疼痛传到了心脏，他抬手一看，鲜血直流。紧接着，锅掉在了地上，是怎么打翻的呢？他也不知道。

年十一来到客厅找急救箱，翻了几个柜子，没有找到，只好再给舒兰打电话。舒兰告诉他，急救箱在书房，靠窗户的柜子里，一开门就能看见了。

年十一按照舒兰说的地方，找到了急救箱。她并没有问他怎么了，为什么要找急救箱，电话那边依然传来囡囡的声音，嘴巴里不停地喊着："爸爸，爸爸，爸爸……"囡囡三个月前就会说些简单的话了，有些不会说的，就用"爸爸"两个字来代替。他不知道女儿是想他了，还是在说别的什么，但是听到那声音，依然无法自拔地思念着女儿。

年十一用碘伏给伤口消了毒，然后用白纱布包住，想剪一段胶带粘上，但怎么弄都觉得不顺手，不是胶带粘歪了，就是纱布不平展。一种无力感、孤独感，深深地侵袭着他。

好不容易包好了伤口，年十一再也没有了吃东西的念头和欲望。他给舒兰打了个视频电话，说想看囡囡，囡囡正在哭闹，岳母岳父拿了各种各样的玩具努力地逗囡囡，囡囡依然在哭，根本不理视频中的爸爸。

年十一觉得无趣，说，算了，你哄孩子吧，早点休息。挂了视频电话，他看了看时间，才晚上八点过一分。以往的这个时候，他正在回家的路上，正在千方百计地想着怎么逃避回家这件让他痛苦不堪的事。甚至，堵车成了他最大的避难所，只有在这个时候，他才能待在属于自己的空间里，抽着烟，听着音乐，让自己的神经放松一下，他真怕离家的距离越来越近，车子向前一米，压抑就增加一分。到了地下停车场，他并不想赶紧下车，而是熄了火，关了音乐，在车里静坐一会儿，什么事也不用想，这样的时候，他才觉得时间是属于他自己的。后来他渐渐发现到了地下车库却不下车的，并不止他一个人，这些人有的在车里刷着手机，有的戴着耳机在听歌。

寂寥中，他又想到童曼，也不知道她此时此刻在做什么呢，他想给她打个电话，或者发个微信，但拿起手机的一瞬间，他想起童曼说过，不要再联系了，便只好放弃了这个念头。等待的滋味实在是一种煎熬。他的胃开始难受，心慌，可能是饿的。

他决定下楼去吃点东西，如果可以的话，他还想喝点酒。

到了楼下，他点了一份油泼面，平日里他经常光顾的店，今天的味道却非常咸，索性不吃了。

他起身看了看时间，还早，回去在家里也是一个人，还不如在外面转转。但没走多远，他就鬼使神差地拦下一辆出租车，对司机说，去豪庭别苑。

快到豪庭别苑的时候，他终于鼓足勇气，在微信上给童曼发了一个笑脸。这是他们的暗号。

童曼很快回复：怎么了？

这就表示童曼现在不方便。他不敢继续打扰，怕石天来知道了，让童曼为难。

到了童曼家楼下，年十一抬起头望着天空，望着三十楼，望着童曼和石天来家的窗户。数来数去，眼睛都看花了，也不知道哪一扇窗户后面，藏着童曼孤单而弱小的身体。

八年前，她的一只纸飞机从天而降，他多么希望此刻，能够再有一个童曼的什么东西从头顶上落下来，哪怕一张白纸，哪怕没有被折成飞机，上面也不需要写什么字，他都会视为珍宝地收藏起来。

然而，这一切不过是他的幻想罢了。入秋以来，雾霾开始汹涌地袭击这个城市。他感到空气里有点呛，后背还有点凉。他咳嗽了一阵子，坐在花园里抽了一支烟，便打算回家了。

当初，童曼悄悄地辞了在老家稳定舒适的工作，和父母大闹一场后离家出走，几乎是断了所有的后路。而那时，年十一已经和舒兰结婚。童曼说，就算没有你，我也必须要离开，我不想我的一辈子一眼望到头。

一晃七年过去了，年十一永远忘不了当初那个拎着行李箱，一脸茫然、一脸孤独的童曼，她本来就瘦小的身子，被羽绒服一裹，看起来虽然十分臃肿，但走路时候的身影却是单薄的。他在西安火车站接到她，把她带进了钟楼附近的一家小酒店，从此，童曼就在这个城市扎下了根。

那时候的年十一没有多少钱,在朋友的房地产公司做营销策划,薪水微薄,给不了童曼太多,连住的地方,也只能是八十块钱一晚的小酒店。半个月后,年十一说,小曼,我给你租个房子吧,住酒店实在不划算。

第二天,童曼就找到了房子,虽然不大,但她的巧手总能收拾得干净而温馨。接着,她又找到了工作,在一家婚纱店当美工,也就是后期制作,专做修图,一直到去年才升为数码部经理。

想要在这个陌生的城市站稳脚跟,要么有背景,要么有实力,否则不可能做得到。童曼就是靠着她的吃苦耐劳、不断打拼走到现在的。她从来不觉得这样的生活很苦很累,只要年十一对她好,哪怕只能默默地对她好,她也觉得这一切都是值得的。

在别人眼里,她有个优越的家庭环境,甚至让人羡慕,但是她心里清楚,她的心不在这个别人眼中的幸福家庭。真正爱上一个人,哪能轻易走出来?她为年十一着了魔一样,她无数次狠下心来,最后都自我妥协了,她很清楚,年十一是真心爱她的,就像她爱他一样。

但这样的爱,毕竟沉重。年十一每每想起来,心口就像压了一块巨大的石头。

第四章　坠落于孤独

正午的西安，喧嚣热闹，却也沉闷压抑。

大街上人流如潮，很容易让人想到游乐场满池子的圆球，你拥我挤、毫无秩序地挤到一起。年十一好不容易才挤进这个大池子，但他感到自己和其他圆球的颜色是不同的，所有人仿佛都在看着他。

这有什么好看的？不就是手里捧了一束鲜花吗？年十一昂着头，并不去看身边的人，那些陌生的眼神，没什么值得在意的。其实，路人根本就没有谁看向他，实际上不过是他第一次这么做，自己觉得怪怪的，想太多而已。

舒兰工作的地方刚好在十字路口的一幢写字楼里，他给舒兰打过电话，说中午想一起吃个饭，舒兰冷冷地说，好。

年十一捧着鲜花，站在舒兰公司楼下。他抬手看了看表，刚好十二点，一分不多，一分不少。在舒兰面前他一贯迟到，难得这么准时一次，而对客户倒是特别有时间观念。

这几天囡囡不在家，他的魂也快没有了，以前总是嫌囡囡太闹，可家里一旦空下来，他才发现昔日里那些嬉笑哭闹是多么可贵和温馨。现在的家里已经一团糟了，没有舒兰的打理，他感觉过不了多久，家就会成为"灾难现场"。

舒兰过了约定时间十五分钟才慢悠悠地从写字楼里出来。她淡定自若的脸上一点儿也看不出情绪，当年十一把花递到她面前的时候，她才微微地笑了笑。

"谢谢。"舒兰接过花，并没有大的惊喜。舒兰清楚地记得这是她第三次收到老公送的花，第一次是结婚前的那个生日，第二次是第一个结婚纪念日。她知道年十一不注重仪式感，今天的他能带着一束花也让她感到意外。

"想吃什么？"

"前面有家新开的海鲜馆子。"舒兰说完，看着年十一。

"行。"年十一没有丝毫犹豫。

他们坐下来以后，舒兰点了店里正在做活动推荐的几道招牌菜。她看着年十一，眼睛里竟然有了泪光。一路上，她都忍着心里的难过没有表现出来，直到此刻她实在忍不住了，才终于哭出来。

"你何必这样呢？"舒兰说。

"太累了，真不想这样下去了，对孩子也不好。"

"你也知道累了，你考虑过我的感受吗？我想自己一个人生活一段时间。可是，你知道吗？十一，我这几天没有睡过一个整觉，每晚哄睡了囡囡，其实我已经很累很困了，但就是无法进入睡眠，满脑子都是你，都是我们在一起的点点滴滴，回想我们之前的每一次争吵，你说的每一句伤害我的话，我痛心啊……"

"好了，不说这些了……"年十一也痛心，自己到底怎么了，为什么把这世界上最爱他的两个女人伤得那么深，那么痛。

舒兰一边抽泣着问，一边用纸巾擦眼泪。她化了妆，又怕妆花，所以小心翼翼。以往每当舒兰哭闹的时候，她都是歇斯底里，闹得满目狰狞，哭得满脸是泪，也不用纸巾去擦，而是用手一抹，或者打开水龙头，把水撩起来往脸上一冲，又过来接着吵接着闹。

而此刻，年十一倒生出几分怜惜之情来。他脑海中突然冒出一句话"我不想失去你"，他记得，童曼结婚的前一个星期，他对她这样说，童曼却回答道，我们彼此从未真正地拥有过，谈什么失去呢？

他说不清对舒兰是一种什么样的感情，也许是出于责任，也许是习惯了彼此吵闹的生活，他忽然觉得生活中还是需要舒兰的存在，但他无法说出对童曼说过的同样的话"我不想失去你"，他只是说："要吃饭了，调整一下。"

舒兰却还沉浸在自己的世界里，她说："十一，我们现在这样，我真不知道该怎么办？"她还想说些什么，却被过来上菜的服务员打断了，她不愿意让别人看出自己心情不好，只好把激动的情绪收住了。

"好了，先吃饭。晚上回家住，好吗？"年十一感觉自己的脑袋很重，也很空，整个人都是飘浮的。好像心脏已经飞出天外，腹腔里什么也没有，连五脏六腑也全都逃跑了。满桌子厨师们精心烹制、特意造型的海鲜，散发着诱人的香味，但他没有一丝想要去吃的念头。

舒兰没有回答，默默地夹了一只虾放在自己的盘子里。

年十一没有献殷勤的特质，比如帮老婆剥虾这种事，他是无论如何也干不出来的。即使到了现在，他也没有这样做。

菜上齐了，两个人却不约而同陷入了沉默。

年十一想抽支烟，桌子上却放着"禁止吸烟"的警示牌，他摸了摸兜里的烟，只好作罢。但他还是开口打破了沉默："公司没有了，对我打击很大，有些事我不想说，就包括对父母也是，从来都是报喜不报忧，我不想我身边的人都为我操心。男人，就是要做家里的顶梁柱，我心里压力很大……"

最终舒兰还是心软了，答应跟年十一回家。

"你给爸妈买衣服也不跟我说一声，他们打电话过来我才知道。"回家路上，年十一还是忍不住提到这个事。

舒兰沉默了一会儿，说道："给你也买了，应该快到了。"还不等年十一反应过来，舒兰紧接着说，"妈不是腰椎不好吗，我还给她定制了一款按摩床，直接发货回老家了。"

年十一心里暖融融的，可一瞬间他又想到童曼，那个让他魂牵梦萦的女人。要是这一切都是童曼做的该多好！可惜不是，舒兰对自己越好，他就越有负罪感。

"谢谢你……"他哽咽着，不知道该怎么说下去，语言终是苍白无力的。

他深情地看了她一眼，如同两块冰，终究是融化到一起了。但这并不影响他们之后出现的种种矛盾。

生活就是这样反反复复发生矛盾，再反反复复解决矛盾，千万不能让彼此安静下来。沉默，才是最大的破裂。

电影散场了。

密密麻麻的人群正在昏暗的灯光下往影院外走，脚下是迷蒙一片，厚实而柔软的地毯正好抚慰着坐得酸麻的双脚。

年十一第一次在电影院里睡着，他从来没有这么疲惫过。

自从他不用再为工作忙碌了以后，日子也就闲散下来。舒兰白天要去上班，他就只好在家带囡囡。上次和好以后，舒兰的确不跟他闹了，但是岳母也跟着住了过来，说是来帮他们带孩子，但年十一心里知道，她是不放心自己的女儿，怕她回来以后继续受委屈。

囡囡最近特别不乖，几乎要通宵吵闹。从前都是舒兰一个人带孩子，抱着囡囡在床上坐一晚上，而现在，岳母就会说，十一，你哄哄孩子，让兰兰跟我睡，她明天还要上班呢。

年十一无奈，只能照做，抱着囡囡靠在床头坐一晚上。以前只要囡囡一哭，舒兰就会触电似的醒过来，抱着她在屋里走来走去，现在，孩子哭闹时，舒兰和岳母在另一个房间里，不到迫不得已就是不出来。

电影院里播放这场电影期间，年十一整个过程都在睡觉，他也不知道自己怎么就走到电影院里来了。刚看了十分钟，他就睡着了。电影院暖气太热，他感觉浑身都在被火烤，后背还出了汗。电影散场了，头顶的灯亮了起来，观众纷纷走出影厅，只有几对小情侣还依依不舍地腻歪着。

这家电影院离舒兰上班的地方近，就在那栋写字楼的旁边。他在家无聊，就出来溜达，想着顺便接舒兰下班，一看时间太早，正好可以看场电影。

走出影院大厅，远远地他就看见一个熟悉的身影，是童曼。他正想过去叫她，石天来就拿着两瓶矿泉水过来了。这时，童曼也看见了他。

"年十一。"童曼第一次叫他的全名。

年十一顿时觉得场面很尴尬，但此刻他也无处可躲，只好走过去，说道："你们好！"

"这是年十一，也是南麓人，我们认识好多年了。"

石天来彬彬有礼地微笑着，与他握手。

"您好！"

年十一慌乱极了。

"您好！"

"一起去吃饭吧？"石天来邀请得十分诚恳。

年十一赶紧拒绝道："不……不了，我来接我老婆下班。"

"好，那咱回见。"

"回见。"

看着童曼和石天来远去的背影，年十一有种说不出的心酸。童曼和他已经不是一个世界的人了，也许在她的心里，爱情的火焰还没有完全熄灭，但现实却变成了他只是个认识多年的熟人罢了。

正发着呆，舒兰的电话就来了，问他在哪儿？年十一匆匆赶到舒兰的单位楼下，一见面，舒兰就问他，眼睛怎么红红的？黑眼圈也重。年十一揉揉双眼，说："孩子昨晚闹的，我一夜没睡。"

舒兰抿嘴一笑，并不当回事，要知道这就是她之前的生活状态呀，也该让年十一体验体验了。从前，年十一总以公司的事情多为借口，将家里的大事小事都推给舒兰，如今公司没有了，也没有工作，整天闲人一个，他又有什么理由不带孩子、不做家务呢？她说："那今天早点休息吧，我带孩子回我妈家住。"

"别呀，我不是这个意思。"

"我说真的，中午爸打电话说有事要跟我说。"舒兰一本正经地说。

"爸有什么事？"

"好像他有个朋友的学生要出书，想跟我咨询一点具体情况吧，电话里他也没说清。"

"那我跟你一起去，我也好久没见到爸了。"

"那行吧，我们先回家接上妈和囡囡。"舒兰说罢，就掏出手机打给母亲，让她简单收拾一下，然后下楼等着。

年十一开车行驶在拥挤的车流中，心绪乱七八糟的，想着童曼离他而去，从此以后再也不属于他了，又想着得赶紧找点事做，不然下个月房贷都还不上，还想着等到了舒兰的娘家后，怎么跟岳父岳母交代公司没了的事情。还有马斌，中午刘水英来了个电话，说已经回老家安顿好了，腿伤恢复得挺好的，等拆了钢板以后看情况会不会影响走路，如果恢复得不好的话，还要去做康复，她已经托亲戚把医院联系好了，咨询了一下费用，感觉有点吓人，这个事他们夫妻俩还要再商量。年十一当即就问，修房的事情咋弄的？刘水英说，还没空想这事，得等老马腿好了以后再说，现在建材费、人工费都贵，没个二三十万，房子修不起来。年十一明白，说来说去，还是没钱。他听着刘水英那怯懦的声音，又一次心软了下去，说这样吧，我最近手头紧，等我缓过来了，我看能不能再给你们资助上两三万，但这是出于我个人的情义，不能当作赔偿。

刘水英在电话那边激动得快要哭出来了，说这怎么好意思，本来就是个小事，结果把你拖累得公司都整垮了。

年十一的脑子里翻滚着诸多糟心的事情，结果差点追尾。舒兰见他这个状态，忙让靠边停车，她来开。

舒兰一边开车，一边又心疼起丈夫来，问他公司没了，下一步怎么打算的？年十一烦得头都要炸了，每天一睁开眼睛就在想，今天该干什么？舒兰接着又说，实在不行，让我爸想办法给你找个工作。

舒兰的父亲曾经是区上一个文化单位的小领导，人脉关系倒是挺广，平日里就爱好书法和画画，也常常跟志趣相投的朋友们一起搞搞雅集，是个典型的文化人。但托岳父找工作这件事，年十一却是不想的，本来因为他是从农村走出来的，内心就一直有点自卑，跟舒兰结婚的时候自己又一无所有，没少得岳父岳母的帮助，如今再托他找工作，面子上实在有些过不去。年十一便说："算了吧，我再想想。"

舒兰深深地吸了口气："你别太难为自己，下个月房贷我来还。"

"到时再说吧。"年十一看了一眼舒兰，他也没想好下一步的打算。

晚上和岳父喝了几杯小酒，谈笑中已经十点多了，岳母就说别回去了，在这里住吧。年十一觉得有点尴尬，但耐不住岳父岳母的一片热情，只好答应。

岳父要跟舒兰说的那件事，其实就是件很普通的小事。岳父有个练书法的朋友是大学教授，他的一个学生酷爱文学，但写作水平并不出类拔萃，想结识一位出版社的编辑，看能否自费出版一本小说，还说钱不是问题。舒兰当即就不高兴了，情绪激动地说道："什么叫钱不是问题，有钱人就爱拿这话来噎人，有钱就了不起啊？有钱就能制作一堆文字垃圾去祸害读者？文学是多么高尚的事，都是叫这样的人搞坏了！"

"你别那么激动嘛！有可能人家写得也不错，既有钱又写得好。"年十一觉得舒兰的话太尖锐了，怕伤到老人家，赶紧解围道，"钱不钱的不重要，得要作品好才行，出版社有出版社的规定，要不让兰兰先看看稿子再说。"

舒兰也觉得自己这种强硬的态度有点太伤老父亲了，自费出书的作者多了去了，制作文字垃圾的人又不是父亲，她何必和父亲这么较真呢?

回到房间以后,舒兰心里也后悔,不该这样疾言厉色地对待自己的父亲,他老人家一把年纪了,为了别人的小事还被自己的女儿冲一顿,确实颜面无光。舒兰心里难受,依偎在年十一的怀里久久不能入睡。

年十一喝得晕晕乎乎,半睡半醒间听见手机有微信消息,他抓起手机,一看居然是卖家具的广告,气得当下睡不着了,就胡乱地刷着朋友圈。四十三分钟前,童曼发了一条新动态,写着:明日出发。配的图片是购买机票的信息,意思非常清晰,明天下午四点的飞机,她和石天来要去云南度蜜月。

他关掉手机,努力地不去想这些事。童曼说得对,有些人有些事,错过了就是真的错过了,再也回不去了。

人真是一种很奇怪的动物,明明知道有些事不该做,却还是会忍不住。第二天中午一过,年十一就鬼使神差地想去机场,就为了能远远看上童曼一眼,于是稀里糊涂就开车出了门。

就要上机场高速时,年十一还是后悔了,他好不容易才把舒兰接回家,家里好不容易平静几天,他为什么还要做这样的傻事呢?去了就能见到吗,见到了又能怎么样呢,无非是徒增伤悲。可思念这东西,真是无法控制的。

最后,他心情复杂地把车掉了头。

他暗自伤怀,这个女人已经不属于他了,可是又怎么能放得下呢?他和童曼,他和舒兰,他和这座城市,他和这个世界，一切的一切，都在他的茫然、无助、纠缠、绝望中被撕得粉碎。

那碎片，随着飞机的起飞，在空中盘旋着，降落着，好像八年前那只飞在风里的纸飞机。

黄于格回老家经营舅舅、舅妈留下的养猪场已有一个多月，渐渐地，他也摸索出了一些门道。这天，他又回到了西安。

晚餐时间，他和年十一、柱子约在一家高档的西餐厅。

这一次，他带上了张丽莎。他来西安主要是来见她，想陪她几天。

柱子来得很晚，说加班给领导写材料，写了几遍领导都不满意，他索性先走了，大不了吃完饭再回去熬夜。熬夜对他来说早就习以为常，主要是他有苦说不出，在别人看来他旱涝保收、风风光光的，至于背地里受了多少委屈，忍着多少屈辱，他都只能自己一个人咽了。

黄于格和张丽莎从坐下来开始，就一直手牵着手，看得年十一心里刺挠得很。出门前，他想叫舒兰一起来，舒兰说不行，囡囡今天有点感冒，我得陪着。

年十一和柱子都很纳闷，为什么张丽莎又回来了呢？当然，当着张丽莎的面，这肯定是不能问的。他们有个微信小群，年十一还是忍不住在群里问了。

黄于格回了一句："该留的跑不掉，该走的留不住。"

柱子又问："那你们打算怎么办？"

黄于格看了一眼手机，没有回复，也没有再继续看手机。

一顿晚餐的时间，柱子接了九个电话，都是在谈工作的事，大家都快吃完了，他的牛排才只切了两小片。年十一有点不耐烦了，说："你有事就先去忙吧，别耽误了你的大事。"

柱子心里其实挺难受的，现在的工作干得人身心疲惫，每天都在那些毫无意义的会议、文件、材料上下功夫，别看他在外面西装革履、人模人样，一回到那张办公桌前，他就压抑得全身哪哪都不舒服。办公室里四个人，一个主任，三个科员，主任成天跟着领导跑，三个人当中，张甜是区上一个领导的女儿（这是他前不久才知道的），另一位大姐的老公瘫痪在床十来年了，单位也很同情她的遭遇，基本上不给她安排太难的工作，甚至迟到早退也无人过问。也就是说，只有柱子一个人是真真正正干活的。

有时候，他真想找个无人的角落放声大哭一场，可他又说不出自己到底因为什么而难受，便只能抽烟，只能在酒吧里买醉，醉了以后就能什么都不用想，蒙着头睡觉。

突然，年十一问柱子："你和白玲还联系吗？"

柱子摇摇头："我对不起她，没脸联系她……"

年十一说："前几天，我在超市看见她了，一个人，瘦瘦弱弱的，在买菜呢。"

"哦。"

年十一很同情白玲。也许柱子身边的人都同情白玲。她是个心地善良又朴实单纯的女人，当初柱子一无所有，她却心甘情愿地把自己的全部都交到他手里。那时候柱子在考研，对未来还充满着无限的憧憬和幻想,工作上也积极上进,白玲觉得这个男人是值得依靠的。谁知她最终还是输了。

张丽莎一直没怎么说话,她怯怯地坐在那里,吃东西的时候也小心翼翼。黄于格这次是铁了心要和这个女人在一起。他和年十一一起去洗手间的时候说:"这次我是认真的,我从没这么认真过。"

"你打算和她结婚吗?"年十一问。

"必须结婚!"黄于格坚定地说,她已经跟前夫把离婚手续办了,等孩子的病情好转了,我们就结婚。

年十一劝他:"你可想清楚了,她可带着孩子呢。"

黄于格说:"我知道,正是因为这样,我才更不能离开她,面对着无情的男人和生病的孩子,一个女人苦撑着,太不容易了……"

"她上次拿了你五万,为什么突然消失了,你没问问情况吗?"年十一比黄于格还心急。

"她说了,当时孩子摔了一跤,在医院住了好几天,她手机没电,一直没时间给手机充上电。后来,不是又联系我了嘛。"

"不知道为啥,我心里老感觉她是个骗子。"

"她骗我什么啊?我什么也没有。"

"骗你钱,骗你感情,骗你为她付出真心!"年十一不想继续说下去了,上完洗手间,他们还得回到席间,还得继续聊天说话,还得装作什么也没有发生。

当他们再回到座位上,柱子已经走了。张丽莎说:"李研接了电话,就急匆匆地走了,让我跟你们说一声。"

那天的聚会几乎是不欢而散,柱子早早地离开,黄于格和年十一因为一场谈话也变得异常尴尬。年十一本想找个机会跟他们兄弟二人倾诉倾诉自己的事,但他们二人都各自过得一地鸡毛,还是不给他们添堵为好。

散场之后,年十一觉得几杯红酒喝得实在不过瘾,不如啤酒那么酣畅淋漓。他又想童曼了,不知道他们在云南的蜜月度得怎么样,也不知道她的心里有没有想起过他。他将手机拿出来几次,最后又都乖乖地放进兜里。

来到常去的那家烧烤店,里面人已爆满,他站在路边等了大约二十分钟,才终于有个座位空出来。他点了一些烤肉串,一打啤酒,独自吃着喝着。

初冬已至,这种露天的烧烤摊却依然生意十分红火。他看了看周围,大多数都是三五好友相聚,没有独自一人来买醉的。以前他喜欢去酒吧,那里热闹,刺激的音乐一放,感觉整个心脏都被震动了似的,不由自主地就能扭动和放松起来,一杯一杯烈酒下去,人就飘飘悠悠的,忘却世间所有烦恼和忧愁。这几年,他更喜欢安静些,如果是晚上的话,他就来这里吃烧烤喝啤酒;如果是周末,他就会选择去登山,坐在山顶看远方,看天上的云。

一瓶啤酒下去,他开始发晕。手机安静地放在桌子上,没有任何人的电话,连舒兰的也没有。从前,只要他稍微晚一点回家,她就会一个接着一个电话打过来,手机屏幕上不停地闪动着"亲爱的"三个字,多么刺眼,多么令人抓狂。不知道从哪天开始,就安静了下来。

突然,一只手搭在了他的肩膀上。

"兄弟,喝上了啊?"

年十一回过头,是高明朗,他的大学学长。大二那年,他和高明朗在学校门外的烧烤摊上因为一个酒瓶子而相识。那时候的年十一,几乎没怎么出过校门,呆头呆脑地只知道学习。那天,黄于格获得了一个诗歌奖,领到不少奖金,便请他和柱子去外面吃烧烤,正吃着,一只空啤酒瓶飞了过来,直接砸在了年十一的后脑勺上。

这一砸不要紧,倒是让年十一多了个兄弟。高明朗本来没想和社会上那群痞子计较的,但是那群人欺人太甚,不仅语言上调戏他女朋友,还拉拉扯扯,高明朗抓起一把椅子就朝那伙人扔了过去,双方就打了起来,也不知道是谁扔的那只酒瓶子,就那么不偏不倚地落在了年十一的头上,当即,他的头上就鲜血四溅。

到了医院,年十一的头上缝了七针,那群小痞子和高明朗也被派出所抓了。高明朗从来没有想过会和谁打架,也从来没有想过会在大学期间背负着留校察看的处分。

高明朗曾经在大学里也算得上是风流人物,走到哪里都自带光环的那种,可是,他为了慕容小英,几乎算是毁了他的一生。

年十一住进了医院，高明朗被关进了派出所。高明朗是河南人，说话的时候声音咯嘣咯嘣脆的。他拎着水果来看年十一，柱子正在床边打瞌睡，一见到高明朗，手就不听使唤地握起了拳头，一拳落在高明朗的下巴上。高明朗被打得措手不及，手里的水果撒了一地。

柱子再次扬起拳头的时候，年十一拦住了，让柱子先出去转转，他要跟这位让他脑袋开瓢的"壮士"单独聊聊。

没想到两个人一见如故，他们聊人生、聊梦想、聊未来，一聊就是四五个小时，连口水也来不及喝。那时候高明朗还有两个月就要毕业了。高明朗说，我真不是有意把酒瓶子扔你头上的，谁知道能出这事呢。

年十一当即就表示，以后谁也别提这事了。一个酒瓶子换来一个好兄弟，值！

年十一出院后，高明朗正在经历他人生的第一个低谷。学校决定给他留校察看处分，并且不发毕业证，这就意味着他四年的青春将一无所获。虽然他以前也常常想过要退学，要离家出走，要浪迹天涯，但是真正到了这一步的时候，他又有说不出的难受和愤怒。凭什么啊！明明就是那群小痞子的错！

这还不算什么，重要的是，女朋友在这个时候也提出了分手，她要去国外留学，可能以后不会再回来了。高明朗买了鲜花，点了蜡烛，在女生宿舍楼下求她原谅，结果换来的是一盆凉水从楼上泼下来。

当晚,高明朗就不见了。学校里谁也找不到他,父母从河南赶到西安,心急如焚,但最后是无果而归。之后,大家的世界里再也没有了高明朗这个人。谁也不知道他是死是活,他在哪里。

高明朗在年十一对面的座位上坐下。

"好久不见啊!"

算一算时间,上一次见高明朗是七年前。彼时年十一刚刚结婚,准备和舒兰去海南蜜月旅行,在机场遇见了高明朗。那一次,他得知高明朗已经在北京混得像模像样,自己开了一家公司,专门做纸尿裤,但因为时间紧张,没顾上多说几句话,连个电话号码也没留。

"没想到在西安遇见你了。"高明朗拿起桌上的一串烤肉,津津有味地吃起来,"我刚才经过这里,看你站在路边,我一眼就认出来是你了,这么多年你居然一点儿也没变。"

"哪里没变,老了,胖了,头发也大把大把地掉,唉,油腻的中年大叔啊!"尽管他们多年未见,平时也从不联系,但是坐在一起却没有一点儿生疏感,"你怎么来西安了呢?"

"嗨,还不是忙工作的事,我准备在户县建个厂。"

"建个什么厂?"

"还是纸尿裤啊,我都做了快二十年纸尿裤了,刚做的时候,很多小孩用的还是尿布呢,现在好了,没几个用尿布了,都觉得这纸尿裤方便。所以啊,市场需求量很大,供不应求啊。"两人碰了杯,干了,他继续说,"你怎么样?我听说你开了家文化传媒公司,经营得还好吗?"

"唉,别提了,前不久出了点状况,公司搞砸了。这小破公司,养不活人,主要还是我们公司太小,没有市场。刚开始的时候吧,我也拼命,还能勉强度日,这两年一直亏损着,我连房贷都还不起了,出门都不敢开车,加不起油啊。"

"那你跟我干啊!我正愁着呢,西安这边建新厂,我得有个可靠的人在这边啊。怎么样?"

年十一没有想到,高明朗现在竟然混得这么成功,说话做事,举手投足都是一副大老板的做派,或许他并没有多少钱,可气质就是不一样。年十一有点崇拜他,但是又害怕这样的心理让自己变得渺小。他给高明朗点了一支烟,自己也抽着。

"没事,我再等等吧,我最近不想工作,我想歇歇,这些年,太累……"

"谁不累啊,生活就是这么苦不堪言。兄弟,跟着我干,月薪三万,怎么样?"

年十一怔了一下,但很快就说:"我考虑一下。"

他不是没有动摇,而是从别人那里,他多多少少也听过一些传言,有校友曾经跟他说,高明朗做的都是劣质的纸尿裤,都是小作坊里的次等品,贴上高档纸尿裤的商标,再低价卖出去,主要走的是量。

"兄弟,这是我的名片,你想好了打给我。"高明朗给了他一张名片。接着,他的电话就响了,对着电话,他说:

"好,好,我马上来。"

那天晚上,年十一彻夜未眠,满脑子都在想去不去高明朗公司上班的事。他忽然觉得生活失去了一切意义,金钱、荣耀、地位……还不如童曼的一个电话,一条微信。但那种快乐,毕竟是短暂的,现实却又是无比残酷的。

入冬以后,囡囡的身体越来越脆弱,稍有不慎就会感冒、发烧。看着囡囡绯红而滚烫的小脸,年十一真恨不能自己替孩子承受痛苦。

舒兰一路上都在唠叨,娃没盖被子,你也不知道给盖好吗?句句都像针一样扎在年十一的心上。岳母也没闲着,不停地抱怨他怎么就那么不长心,娃不睡,大人咋能睡着呢!兰兰以前照顾囡囡的时候,哪一个晚上闭过眼睛,你倒是清闲得很,说睡就睡着了,也不管娃好着没有……

孩子生病了,岳母和舒兰你一句我一句,年十一成了冤大头。

本来就心急,年十一再被这刺耳的声音一刺激,内心顿时怒火中烧,但他还是压住了,只说了句:"咱现在说这有啥用,先给孩子看病吧。"

车停下的时候,年十一终于叹息了一声,仿佛是把心里憋屈的那股气一下子吐了出来。对此,舒兰不依不饶,又一顿痛骂:"你叹什么气啊?嫌我不该说你,你说说你,你说说你,能干什么啊?公司公司弄垮,孩子孩子弄病,对我,这么多年来,你有过一丝丝关心吗?谁跟你一样……"

年十一不想跟她吵，毕竟这件事错的就是他。他也不知道自己怎么了，就是累，累得一点力气也没有，以至囡囡睡着以后踢了被子，掉在地上他也毫无知觉。半夜五点多，舒兰不放心，就过来看他们睡得怎么样，果然，囡囡正撅着小屁股睡在冰冷的地板上，而年十一呢，却睡得正香，舒兰叫了他好几声都没听见。气急败坏的舒兰，直接拉起被子……

年十一惊醒后，才发现身边的囡囡在地上。第二天上午，囡囡果然就开始发烧、哭闹。

舒兰抱着孩子进了儿童门诊，岳母跟在身后一路小跑着。

年十一不想下车，至少，他想在车里再坐十分钟，抽支烟。或者，即使不抽烟也好，只要一个人待着，那种到了崩溃边缘的情绪才不会真的崩溃。

正在这要命的时刻，打火机却怎么也打不着。他真想一拳打在车玻璃上，至少让心里那股火有一个可以发泄的出口。

刚刚走进医院的大门，柱子打来电话，问他医院里有没有熟人，他想帮帮白玲。年十一问他，白玲怎么了？

柱子说："听说是乳腺癌，在常安医院做手术呢，我想找个人帮帮她。"

"我怀疑你是跟踪我呢，我这会儿就在常安医院门口。"年十一心里的怒火已经平息。

柱子说："那好，你找找关系，无论如何，得把手术做好。"

年十一问他："这有啥好帮的，有病治病呗。"

柱子说:"唉,尽尽心呗。"

"你何必呢?你们已经没关系了。"

柱子叹气,说:"我这辈子最对不起的人就是白玲了,只能在背后默默地帮帮她,你也别让她知道我做的这一切。"

年十一说:"知道了,就知道你这货心里没憋着好事,难不成你还想跟她复合?"

柱子苦笑着说:"复合?这辈子……再不要去伤害她了,她是个好女人……"

年十一突然心酸得有点儿想流眼泪。他看到舒兰为了孩子急得满头大汗的那张脸,再想想童曼要结婚前在他面前哭得撕心裂肺、心口痛得站都站不起来的样子,他心如刀绞。

舒兰和年十一因为囡囡生病的事冷战了十多天。以前舒兰从不这样,心里有憋屈的事一定要闹出来才会好受一点,如今却变得不一样了。她每天除了照顾孩子就是上班,回到家也不会跟他说一句话、看他一眼,全然把他当成了空气。

半个月过去了,年十一的热情也耗尽了。他原以为上次的经历,让他和舒兰之间的裂缝弥合了一些,但是孩子生病以后,舒兰又像变了个人一样。他真的是无法理解。

因为一点小事,两个人又大吵了一架。

年十一气得张了几次嘴想爆粗口,后来都忍了。

舒兰却火上浇油:"怎么?是不是又想说离婚?"

"对,就是想离婚!"气头上的年十一顾不上多想,话赶话又扯到了离婚的话题上。

舒兰却突然很平静，一边整理衣柜，一边冷笑了一声，说："你决定了就按你决定的去做！"

年十一没有想到，舒兰的眼里、心里已经彻底没有他了。他内心的火还没消又开始怅然若失起来，他以为说完这句她会像从前一样暴跳如雷……甚至做出很多他意想不到的事，然而，舒兰的平静、淡定，反而让他不安起来。

舒兰又说："我们走到现在这一步，谁也不要怪谁，也不要说谁对谁错，离了吧，对彼此都是解脱。这个家的一切我都可以不要，你把我爸当年给你的钱，还给他就行了，他一辈子辛辛苦苦攒几个钱不容易。"

年十一看着舒兰平静的面孔，这种陌生感确实可怕，如同不会再亮起来的黑夜一样可怕。三十万？如今的他到哪里去找三十万呢？当年岳父在他开公司的时候帮助过他，他后来陆陆续续地还了一些，至于还了多少，他没有记过账，也早就记不清了。何况，到了现在这个时候再去算账，岂不是太无情无义了！

舒兰转身离开了卧室，扔给年十一一个冷漠而决绝的背影。

年十一说："要走也是我走，这个家给你和孩子，借爸的那些钱我会还的，不过，最近不行，我手头上没有那么多……"

还没等年十一说完，舒兰就又折回来了，她打断了他的话："行，我等你，等你还了我爸的钱，我就和你离婚！"

这一切，都出乎年十一的预料。离婚？其实他根本就不想离婚。

第二天，年十一就出发去了青海，来了一场说走就走的一个人的旅行。

第五章　追忆华年

天微微亮，一缕昏暗的晨光从结满冰花的玻璃窗上照进来。

柱子早就睡不着了，最近他的睡眠质量极差，要么是难以入眠，要么半夜醒来。

他又做噩梦了，那个噩梦如同一个随时随地都会出现的魔鬼似的，让他每时每刻都难以安宁。

自从半个月前，他接到母亲的电话，心里就没平静过。母亲说，她想再找个老伴儿，这孤独的日子她过够了，她活不了几年了，她不想就这么死了，她想有个知冷知热的人在身边照顾自己……

柱子想起二十年前的那个冬天，天寒地冻的，大片的雪花从天而降，在地上落了厚厚一层，踩上去发出咯吱咯吱的声响。那雪花一片一片落在他的脸上、他的脖子里、他的心里。

人们把继父的尸体从湖里打捞上来，据法医鉴定，人已经死了三天了。那尸体雪白、僵硬。他躺在湖边的荒草丛中，本来就不伟岸的身躯看起来就只有一只羊的大小。

河对岸的羊群找不到青草，咩咩地叫个不停。要不是放羊的王铁蛋在河边发现了继父的尸体浮在水面,可能这个世界上就没有人会发现。那不是柱子希望的结果吗?他就这样"罪有应得"地离开了这个世界,他再也不会酒后赌博,再也不会一喝醉就打母亲和妹妹了,再也不会撒泼砸东西,再也不会拿刀乱砍乱撞……

这一切的一切,柱子想了很久很久,不是一天两天,也不是一个月两个月,甚至,也不是一年两年。这种恨大概从母亲嫁给继父的那天起就开始了吧。

柱子说:"妈,你都这个年纪了,还找什么老伴儿啊!你自己一个人不是挺好的嘛?"

母亲说:"你和晓雪都在外地,哪知我一个人在老家的苦?"

"那不行了你来西安住几天吧,解解闷。"柱子实在想不到更好的办法安慰母亲。他害怕,害怕母亲新找的老伴儿又会像从前那姓朱的一样,打她、骂她,拽着她的头发往墙上撞。母亲怎么就好了伤疤忘了疼呢?他很想把这句话说出来,但怕伤了母亲,就又憋回到肚子里去了。

电话那边母亲的声音有点哽咽,像初冬的夜晚一样潮湿。母亲说:"我不去,我不喜欢住楼房,再说了,你连个婚都不想结,我又不是去带孙子,我去干啥?当摆设吗?等我再过几年走不动路了,晓雪会管我的。晓雪比你好,晓雪孝顺,她支持我咧……"

晓雪是柱子的妹妹,全名叫李晓雪。母亲刚刚嫁给继父的时候，继父要求她把一个孩子的姓改成朱，当时母亲想，儿子是李家的根，不能断了根，于是，就把晓雪的姓改了，叫朱晓雪。继父死后，母亲又去派出所把妹妹的名字改了回来。那一年妹妹刚刚小学毕业，他上高三。如今，李晓雪在北京读研究生，眼看着也快毕业了，她又给自己改了名字，叫李茉莉。柱子听到这个消息的时候，立马就炸了："我呸，什么名字！还茉莉！听着这么别扭！"

李茉莉说："哥，你懂啥，我这名字是有意义的。"

柱子爆着粗口："屁意义，你就是作！"

李茉莉说："哥，你可以觉得我作，但你不能阻止我做任何决定，我已经是成年人了。茉莉多好听啊，听着就有一种淡淡的香气。我的人生已经够悲惨的了，我不想再回忆起从前的任何事，我要彻彻底底地忘记过去、忘记苦难、忘记一切，我要我的灵魂都弥漫着茉莉的清香……"

柱子忘记了，妹妹已经长大，已经二十七岁，她是个大人了，她不再需要他指点人生。大概是从她学会自己挣钱的那一刻起，她就不再需要他为她遮风挡雨了吧。柱子想想过去的岁月，他和母亲、妹妹三个人相依为命，毫无嫌隙，有什么事都要一起商量着办，妹妹在他眼里永远都是一个需要被呵护被疼爱的小孩子。如今，妹妹长大了……这一点，让柱子觉得悲凉。

柱子对母亲说："妈，你找老伴儿干什么呀，以后，我给你养老！"

母亲固执,开始在电话里发脾气:"你说得倒是好听,我有个头疼脑热,谁在我身边?过了这个冬天,我就是六十岁的人了,我都不知道自己还能活几天,身边没个人,半夜死了都没人知道……"

后来,最终妥协的还是柱子。柱子说:"那行,你要找也行,看来你是把人都选好了。"

母亲说:"对,就是你陈叔。这么多年了,他一直帮衬咱们家,没有他,哪来你的今天?"

陈叔是父亲的战友,以前是个商人,在全国各地到处打拼。可是,他那不争气的儿子没用几年就去国外把所有家产赌光了,本来他们就算不上家财万贯,只不过比起大多数人来说,家底子要厚实一点,家里的流动资金要充裕一点。后来,陈叔的儿子出了车祸不幸去世,老婆也气得大病不起,前后只一年多的光景,老婆就撒手人寰,留下陈叔独自一人在这个世界上继续孤独地活着。

陈叔比母亲大两岁,是父亲最好的战友、最好的兄弟。他孤独一人以后回老家建了一栋小楼,整天靠晒太阳打发时日。其实母亲要和他在一起也是一桩好事,但不知道为什么,柱子的心里就是说不出的难受。

他不知道陈叔将来能否对母亲好,若是再和继父一样,他又该怎么办呢?

柱子说:"好吧,那我下个周末回去一趟,再做决定。"

柱子的噩梦里,依然出现了继父那苍白而僵硬的尸体,腐烂、丑陋不堪。他从人群中挤进去，所有人都说老朱死了，咋莫名其妙地就死了呢，肯定是喝了酒，醉了，掉河里的。

柱子感到自己的身体在一点一点下沉，一直沉到没啥可沉的地步，才瘫软地坐在了草坪上。将化未化的雪被人们踩得乱七八糟，全是脚印，分不清哪个是哪个的。

在梦里，柱子的继父并没有死，而是一把抓住了他的手，那冰冷的手很有劲。他能清楚地听到自己的骨节被拽得"咯咯"响，随后干脆利落地把他拽到了那尸体的怀里。

柱子怎么也摆脱不了，就说："叔，你要干什么？"

继父说："给我酒，我要喝酒，二锅头，纯高粱酿的那种……"

柱子说："你喝酒你说话就是了，你拉我的手干啥？"

继父说："你这手，你这手多余！关键的时候，都不拉我一把……"

柱子吓得哭了起来，发现自己满手是血。他就跑到河里去洗手，谁知那手越洗越是流血，怎么洗都洗不干净。洗着洗着，水也变成了血，鲜红的水，浓稠的水，像糨糊一样的水，那水越涨越多，水位越来越高，慢慢地，淹没了他的膝盖……

接着，是腰。

是脖子……

柱子一声惨叫，从梦中醒来。

醒来后，他再也睡不着了。穿上睡衣，走到窗前，黎明的大街依然灯火璀璨。他站在三十五楼,俯瞰西安这座繁华的城市,他有一种把这座城市踩在脚下的感觉。这种感觉会让人陶醉,让人晕眩,让人沉迷其中,让人飘飘欲仙。

但此刻他很想回到老家去,回到他的小村子里,回到母亲身边。他想关掉手机,坐在小河边的柳树下乘凉,一直到天黑以后才懒洋洋地往回走。

他曾经多么希望自己能够在这座大得好像没有边际的城市站稳脚跟,在这里有属于自己的房子,有属于自己的车子,不为生计而发愁……可是现在,当他拥有了这一切之后,他又一点儿也开心不起来。他感到疲惫,疲惫到想要一睡不起。他累,心累,沉重的心一直在拽着他往灵魂的深渊坠落,坠落,坠落……

年十一把车停在路边,疾风阵阵吹过。这高原的风是凛冽而无情的,刀子一样割着他的脸。

以前总是听人说青藏线上的风景不错,天空又高又蓝,干干净净,像一面辽阔的镜子。果然,那天空瓦蓝瓦蓝的,白云一团一团、一簇一簇地浮动着,行走着,流淌着……

年十一这几天就是这么度过的,每天也不急着赶路,能走多远走多远,想在哪里停下就在哪里停下,在路边看看风景,或者在草原上躺着睡一觉,或者去河边看看鱼……

年十一的心有一种被清空的感觉。他不再思念童曼,也不再想和舒兰之间的种种矛盾。这种感觉和以往的每次登山都不一样。以前,当他心情不好的时候就会去登山,这几年华山都去了十多次。每次到达山顶，他都想要大喊几声，把心中所有的不快、压抑、委屈、痛苦都释放出来，但这种舒畅的发泄方式，他只用过一次，毕竟景区里人多，他这么突兀地大喊，太不文明了。

只有到了若尔盖草原上，他才能彻底地放松下来，放眼望去，方圆几十里没有车辆和行人，只隐隐约约看见河对面有黑色的牦牛群。他终于释放了出来。

喊出来了，心里也好受多了。他从没想过，自己的生活会变成现在这样，事业一无所有，家庭濒临解体，那些曾经梦想的诗和远方，都在生活的打磨下一天一天被耗尽。

喊完之后，他就躺在草原上睡着了。下午三点的阳光，晒得人慵懒而惬意，他什么都不想做，什么也不去想，就想这样一直躺下去，任身体的每一个关节、每一根血管都服服帖帖地依托在大地之上。

暮色下的若尔盖草原一望无际，目光所及皆是如画的风景。他有一种迷路的感觉，怀疑自己走进了画中，他想退出去，但退不了，身后是金色的夕阳。

那绵软而温柔的云缓慢游走在头顶之上，好像随时有可能掉在他的怀里。他想，若是这些云掉下来了，我怎么抱得住？

年十一一觉醒来，眼前就出现了这样的画面，他有点措手不及，这草原的风光有点咄咄逼人，逼得他想要逃避，甚至想哭，却又舍不得离开。

多么像他和童曼的爱情啊——靠近彼此，靠近痛苦；离开彼此，也离开了幸福。

年十一忽然就想到了童曼，如果这是他们两个人的天地，该多么浪漫！想着想着，他就有些沮丧，像一匹发狂的骏马，在草原上奔跑起来。迎着风，迎着霞光，迎着空气中青草的幽香。

正在这时，柱子来电话了，问他给白玲找的人找了没？年十一愤愤地说，你给哥们儿安排的事，什么时候给你耽误过？放心吧，我托人找的副院长，白玲的手术很成功，还好癌细胞没有扩散。

柱子连着叹息几声，说："那就好！"接着又问："对了，十一，最近回老家不？我得回去一趟。"

年十一说："那你等我几天，我还在青海，明天往回走，咱们一起回去。"

柱子问他："怎么去青海了，玩得怎么样？听说那一路风景很美，可惜我一直没抽出时间去看看，好几年都没休过公休假了。"

年十一说："出来散散心，这里风景确实不错，值得一来。你可以等结婚以后来这里度蜜月。"

柱子"嘿嘿"地笑着，说："我倒是想结婚，那也得有人愿意嫁给我才行呀。这样，我明后天把手头上的事情忙一忙，这周五下午回老家，行不行？"

年十一突然有点兴奋，一想着要回到自己生活了十八年的故乡，全身的血液都沸腾起来。

"好，叫上于格。"末了他说。

说起回老家，年十一三年都没有回老家过春节了，平常回去的次数也少。三年前的春节，他带着舒兰回家，不久后，舒兰就怀孕了，再不想在路上来回颠簸。后来有了囡囡，回老家的时间和机会就更少了，即使回去，也停留不了一两天。

父亲和母亲很开明，从不为这些事为难他，总说，你们忙你们的，回不回来又能咋的，我们都挺好的。但实际上，父亲母亲是多么地思念他，他最清楚。就像他思念父母和家乡一样。他有时候很想放弃一切，放弃大城市的生活，甚至放弃舒兰和囡囡，回老家生活。但在他们那个小村子里，他又能干什么呢，当年努力学习，不就是为了有一天能够走出去吗？只有"走出去"才能带给父母体面和荣耀。在他的家乡金沙河，和他同龄的许多人都被迫留在了家乡，这些人要么是当年上不起大学，要么是根本就没考上，总之，如今的他们大多都已经结婚生子，带着老婆外出打工，只有过年的时候才会回去一家团聚。像他这样大学毕业后留在大城市的，还没有几个人，所以父母一直以他为荣，以他为傲。

当晚，年十一就在若尔盖草原的帐篷里住下了，草原上有人开办篝火晚会，他顺道去凑了个热闹，还认识了一群玩音乐的摇滚青年，他们尽情地释放着自己的情绪，在草原上撒欢。

夜深时分，篝火晚会终于接近尾声，大家都玩得疲惫不堪，喝醉了一大群人，多数人已经回自己的帐篷睡了，只有这些帐篷的主人们，大概五六个年轻的男人，还在篝火旁一边弹着吉他，一边唱歌跳舞，一边喝酒聊天。

年十一认识那个穿着咖啡色羊皮藏袍的帐篷主人，是他给年十一办理的入住手续。他见年十一没有睡意，又叫他跟着一起来喝酒，后来，他也不知道喝了多少酒，躺在草地上就睡着了。

半夜醒来，满天的星星。草原上的夜静悄悄的，无声的青草，无声的月光，无声的苍穹，一切都那么静谧，那么清净。这样美好的夜晚，他又一次想起童曼，如果这是他们两个人的夜晚，该多好！

第二天，天微微亮，年十一就启程返城。草原上湿漉漉的，晨雾朦胧，迷蒙一片。

一路迎着阳光，满眼的美景一直蔓延到兰州。晚上，年十一在兰州住下，再有七百多公里就能回到西安。他已经跟柱子和黄于格说好，星期五的下午，回南麓市临江县老家。

在兰州的酒店里，他居然巧合地又遇见了高明朗。高明朗是来谈生意的，带着一脸的忙碌和他浅浅地打了个招呼，还问他想好了没有，到底要不要跟着他干？年十一还在犹豫中，高明朗的手机就响了，接了电话就匆忙离开。

那晚，年十一又失眠了，还在想自己到底该何去何从。

南麓市的冬天，城区里存不住雪，要想赏雪，得去郊区的乡下。

金沙河村是年十一和柱子从小生活的地方，黄于格的家就在县城边上，离金沙河村有大约半个小时的车程。从西安回南麓，从前要翻越大秦岭，如今高速公路畅通，省去了中间的许多弯弯绕绕，但也得驱车四个多小时才能到家。

路上，他们聊了很多，好像一直都在说话，想说什么就说什么，这让柱子觉得很兴奋，平日里压抑坏了，能敞开心扉无话不谈，真的是一件再爽不过的事了。

黄于格说，张丽莎其实很可怜，从小家里姊妹多，她排行老大，家里大事小情她都得帮父母分担些，从没享过一天清闲。结婚以后老公又是个游手好闲的，知道女儿的状况后，立刻就消失得无影无踪。她太苦了，他一定要帮她，将来再不让她受苦受累。

柱子说，最近工作上的事，我也看开了，说白了，我就是没有背景，要不然这办公室副主任的位置空了这几年，为啥我就坐不上去？张甜才工作几天啊，领导就想提拔她？那还不是因为她爸的关系！要不是她有个好爸爸，她算个屁啊！

年十一就笑话他，一个办公室副主任而已，你至于在背后这么说人家吗？

柱子更生气了，开始爆粗口："这狗日的工作，真是让我一点儿希望都看不到！"

黄于格说："你踏踏实实地工作，每月领点工资就行了，当领导的瘾咋还这么大呢？"

柱子更急躁了，开车的速度明显加快。年十一说："柱子，你停下，我开一会儿。"柱子把车停在应急车道上，和年十一换了位置。他们继续往回走。

柱子说："不是我想当领导，是身在那种环境，你不往上爬，别人就一个劲儿地践踏你！最近工作工作不顺，感情感情也不顺！好不容易在网上聊个女的，眼看着要见面了，结果被我发现她居然有老公，你说这都什么事儿呀？还骗我给她买了个包！"

年十一说："你活该，那明摆着就是个骗子嘛。"

这时，雪下得更大了。

柱子的眼睛里燃烧着一团熊熊的烈火，骂道："她娘的！"

"行了行了，换个话题吧！"黄于格打断了柱子，把话题推向了年十一，他问，"十一，去青海玩得怎么样？"

"一个字，美！"年十一还沉浸在旅行的轻松和自在中。尽管昨晚他回到家，面对的依然是舒兰和岳母的冷眼，依然是被拒于千里之外的孤独感、陌生感、疏离感，但比起以前，他觉得自己的内心又淡然了许多。

柱子好奇地问道："有没有艳遇？都说那条线上姑娘多。"

年十一白了他一眼，说："你真的是活该被骗！一天都在想女人的事！"这时，他突然想起了童曼，也不知道她的蜜月旅行结束了没有，回西安了没有……

"对了，十一，你还记得高明朗吗？"黄于格问。

"记得啊，前天我们在兰州还遇见了呢，他还想让我去他公司上班呢。"

"是吗？他跟我也是这么说的。"

"那你去吗？"年十一问。他想，如果他能够继续和黄于格在一家公司共事，那就再好不过了。

黄于格摇摇头道："我怎么可能去呢？我现在这养猪场挺好的，其实我摸着门道以后，觉得这生意确实能做，一批猪出栏真是不少挣，就是太辛苦了，五六个工人天天都忙碌着。我现在还在学习阶段，好在有我一个表叔在那儿撑着。你们不要觉得我们就是养猪卖肉那么简单，我们还有香肠、腊肉、排骨、卤猪耳等几十种产品，花样多着呢。"

"那你还去西安吗？"年十一问。

"去干吗呀，我在那里啥也没有了，我现在还蛮喜欢我们那个小村子的。"

"那张丽莎咋办呢？"柱子最好奇别人的隐私。

黄于格幸福地说："什么怎么办？她是我媳妇儿，她最近带孩子在西安做康复治疗，等病情好转了，就过来帮我。"

"我说，于格，你真的别太傻了，那病就是个无底洞，你何必要这样呢？"年十一劝道。

"那有啥办法，我心甘情愿啊！"

柱子插嘴道："十一说得对，那真的是个无底洞，你有再多钱都治不好的，何必这么认真呢？你以前对丁安娜可不是这样的啊。"

"你提她干吗？"黄于格竟然发了火。

车里的气氛顿时尴尬而沉闷起来。年十一把音乐的声音放大了几档，此刻，正播放着许巍的《像风一样自由》：

> 我像风一样自由
> 就像你的温柔无法挽留
> 你推开我伸出的双手
> 你走吧，最好别回头
> 无尽的漂流，自由的渴求
> 所有沧桑，独自承受
> ……

大雪下了整整一个星期，终于停了。

母亲说，多少年了，都没下过这么大的雪。年十一坐在火炉边一边烤火，一边跟母亲拉话。母亲腰不好，起身坐下的时候总有些吃力。父亲自从做了手术以后，身体倒是没什么大毛病，但药是不能停的。

"十一，你跟爸说实话，你和兰兰是不是有啥问题了？"父亲老泪纵横的样子，让年十一感到揪心。七年前，父亲也是这样，问儿子，你到底能不能结婚？什么时候结婚？年十一从小就是个对父母的话言听计从的孩子，尽管长大后成家立业不受父母管束了，但父亲母亲的话他还是不得不听。他不敢告诉父母，他和舒兰的婚姻一直都走在危险的边缘，随时都有可能坠入万丈深渊。有一点，他还是很感激舒兰的，那就是之前不管他们怎么闹，怎么吵，她从来没有跟公公婆婆告过状，该尽的孝一样不少，该打的问候电话都按时打了。

年十一说："没有，我和兰兰挺好的。"他故意叫她兰兰，让父母听起来亲密一些。但实际上，他已经很久很久没有叫过舒兰的任何称呼了，兰兰、老婆、舒兰……都没有过，总是你呀我呀地直来直去。

"我看啊，兰兰这孩子不错，你什么时候把囡囡带回来让我们看看呗？"母亲这些年对舒兰是很喜欢的，虽然相处的时间不多，但老人心里认定了她就是年家唯一的儿媳妇。

"好，有时间就回来。"

正说着，舒兰的电话就来了，屏幕上闪动着"亲爱的"三个字以及舒兰扮可爱时的头像。

"我和爸妈正说起你呢。"他说。

舒兰问："你买了个按摩椅？"

舒兰不说，年十一还真忘记了。不久前，他去一家商场闲逛，一个推销按摩椅的大妈拉着他不放，硬要他帮帮忙，叫他去店里看看，并再三说就看看，绝不让他花一分钱。大妈恳切的眼神让他感到无力反抗，于是便去了。不去不知道，一去就没忍住。那按摩椅确实好，德国进口的，坐上去有腾云驾雾的感觉，电源一开，全身像躺在海浪里一样，筋骨被拉伸了，肌肉也放松了。大妈笑眯眯地看着年十一，问道："小伙子，来一台？"

年十一刚想说不要，用不着，大妈就接着说："想想家里的老人、老婆，多辛苦啊！带一天孩子累得筋疲力尽，在这上面躺一会儿就舒服多了，这里面的磁芯片对身体有保护作用……"大妈连珠炮似的说了一长串，年十一听得一愣一愣的，再想想不久前舒兰给母亲定制了治疗腰的按摩床，他也应该礼尚往来，体谅舒兰带孩子的辛苦，于是买了一台，花了一万二，刷的信用卡。

电话里，舒兰等着他回话呢，他说："是，送给你的，你每天带孩子辛苦了。"

舒兰的声音里有了笑意："花那钱干吗？我用不着。你肯定又刷的信用卡吧？下个月房贷还没着落呢，你又乱花钱！"

电话这边母亲直问是不是兰兰。年十一看得出来，母亲想她的儿媳妇了，便把手机给了母亲，让她们聊去。

年十一把公司的情况大致给父亲说了一些，但没有说马斌的事，只说公司经营不善，难以为继，只得转让给别人。父亲沉默了一会儿说："转了也好，总比陷进去强，等有好的机会了再另谋出路。"

年十一看出父亲有话想说，但几次欲言又止，就主动问道："爸，你到底有啥事，你说嘛。"

"你四舅托我给他帮个忙，想让我跟你说说，能不能把穗子带到西安去打工？"父亲说的那个穗子，是年十一四舅的女儿。

"她才多大啊，不好好上学去西安打啥工？"年十一有点生气，兄弟姐妹中，大多数都不好好上学，年纪轻轻就想着早点进入社会早点挣钱。他在亲戚中是唯一的大学生，尽管他现在没混出什么名堂，但之前他一直是父亲母亲的荣耀，不管走到哪里，亲戚们都会说，年家出了个能干人，十一那小子现在在西安当大老板呢。尽管他背后有许多心酸委屈只能默默地咽进肚子里，但别人总归是能高看他一眼的。

父亲说："带着吧，随便找个什么事干都行，只要是正经职业，你四舅一家都会感激你的。"

"她高中毕业了吗？我怎么记得她才十几岁？"

"十八了。"父亲卷了一支旱烟，顿时，他跟前烟雾缭绕，遮住了他忧伤的脸，"这女子可怜，你四舅妈死得早，你四舅也是个不成器的，有点钱就花到别的女人身上，到头来，身边还是没个知冷知热的人。你把穗子带上，噢？"

年十一不忍心拒绝父亲，尽管他没有能力帮穗子找一份好工作，但试试也未尝不可。好在那姑娘长得体体面面，干家务也干脆利落，就是学习不用心。

从此，穗子跟着年十一踏上了通往大城市的旅途，沿路华丽璀璨的灯火，晃得她眼花缭乱。

年十一回到西安，见的第一个人就是唐仁山老师，穗子工作的事情，他想找唐老师帮忙。他知道唐老师有着比较广泛的人脉，特别是在大学生就业推荐方面，唐老师帮助过不少人。

唐仁山这名字乍一听是个男的，其实是个女老师，是年十一上大学的时候认识的哲学系老师，她并没有教过年十一，倒是他常常去蹭课。后来，和唐老师混熟了，也能聊得到一起去。毕业后，年十一一直和唐老师保持着联系，每次在迷茫的时候，他如果能跟唐老师聊上一阵，就能豁然开朗。

在唐老师的帮助下，穗子进了一家家政公司，老板娘一见穗子，就喜欢得不得了，直夸这小姑娘长得咋这秀气，这灵巧，这乖呢？老板娘是四川人，说话的时候嘻嘻哈哈地带着笑声，让穗子紧绷的神经也松弛了下来。

从此，穗子开始了她的新生活。

在回老家的几天里，他一直在犹豫要不要去高明朗的公司里上班。他不能再继续无所事事下去了，大概有一个多月的时间里，他没有任何事可做，闲得发慌。他告诉自己要振作起来，要重新开始。

年十一一直视唐仁山老师为他人生中的"贵人"，她不仅传授了他许多哲学知识，更指引了他人生的方向。当年，他在学校里学习并不出众，他不像黄于格是个"校园诗人"，也不像柱子那样骨子里带着"头悬梁，锥刺股"的精神，能够引起老师的注意。他学的专业是网络与新媒体，刚报志愿的时候觉得这个专业肯定特别有意思，但在实际的学习过程中，却感到乏味无聊极了。听说哲学系的唐仁山老师讲授的西方哲学史，每一节课教室里的学生都爆满，他也好奇决定去蹭课，去了一次就被深深吸引，完全打破了他之前对哲学"枯燥、乏味"的认知。很长一段时间，他都沉迷于唐老师风趣的讲授方式和新颖的观点里无法自拔，以至他把自己的学业都荒废了。

年十一第一次和唐仁山老师正面对话，是他快毕业的前两个月，当时唐老师刚刚出版了新书《我的哲学笔记》，上中下一共三册，算是她退休前的最后一本著作，也是唯一一本不是学术论文的著作。他买了一套，鼓足勇气来到唐老师的办公室，希望她能给他签个名，留作纪念。没想到唐老师竟然十分平易近人，和蔼可亲地跟他交谈了许多，问他是哪个系的，叫什么名字。年十一紧张得说话都颤颤巍巍，吞吞吐吐地回答了老师的问题。唐老师让他坐下，还可以问她一些想问的问题。年十一激动地说我没想到您这么亲切，这么平易近人。唐老师立刻就笑了，说我是个老师，给学生答疑解惑是我的责任，哪能高高在上？不管是不是我班上的学生，有任何哲学方面的问题、疑惑、观点都可以跟我一起探讨，这对我来说也是一个学习的过程。

直到这么多年过去了，年十一都无法忘记当日的激动和兴奋，他和唐老师谈论了许多观点，也向她倾诉了自己对未来的迷茫和面临就业的压力。他坦言自己是从农村来的，他的骨子里有一种无法抹去的自卑，眼下就要毕业了，不知道自己该回到家乡去，还是继续留在西安。唐老师一脸理解和体谅，问他如果回去打算做什么，年十一说也没什么可做的，除了考公务员也没什么体面的工作了。唐老师又问他，如果不回去，你又打算做什么？他说，我不知道，我感觉这四年大学什么也没学会，连个平面设计图都做不好，但我不想回那穷山洼里去，父母把我送出来上学，不容易……

年十一说着说着，眼眶就有点酸胀，他真怕自己哭出来。唐老师说，和你有同样困惑的年轻人还有很多很多，但人生就是这样一个摸着石头过河的过程，你不去试，怎么知道你要走的是哪一条路？再说了，你现在选择的路，未必就是你要走一辈子的路，你听过我的课，应该知道赫拉克利特，也应该知道他所强调的观点，只有变才是真实的，没有永久不变的东西。世间万物变化的发展都是遵循天道运行的规律，顺势时变，如此才可以保持长久。所以，这位同学，你大可不必想得太长远，未来的日子还很长，你要以不变应万变，这才是你当下最应该考虑的问题，而不是绞尽脑汁去想你应该回到家乡还是留在西安。不管你当下正在经历怎样的生活，只要记住一切都是变化的，你的人生不会一直处于低谷，也不会一直处于高峰，心里就会坦然许多。

年十一走出唐老师的办公室，发现外面阳光明媚，天空干净明洁，一点儿云彩也没有，他忽然不再为自己的人生而感到无助和迷茫。他坚信，也许现在他过得很糟，但他绝不会一直这样过下去。

果然，十几年过去了，他的人生起起落落，浮浮沉沉，事业、家庭、感情，没有一件事是不会变化的。他就在这样那样的变化之中感受到了生命的意义和价值。

年十一已经有快两年没有见到唐老师了，当年那个端庄优雅、温柔平静、和蔼可亲的女老师，虽然在年岁上不断地增长着，皱纹、白发、沧桑……一样也不曾饶过她，但她骨子里平静、温和、智慧依然如旧，甚至还在不断增加。

聊天中，年十一才知道唐老师这两年一直在终南山里养病，她十五年前就查出来患有再生障碍性贫血，长期都在靠药物治疗着。她和年十一认识十几年了，却从来没有在他面前提起过，这两年她的身体愈发虚弱了，怕将来突然有一天她离开了人世，年十一却不知是何原因。

唐老师一生未嫁，无儿无女，但她从不觉得自己孤苦无依，反而内心安然自得，灵魂深处散发着兰花的幽香。年十一听老师的境况，瞬间忍不住泪目，埋怨道您怎么现在才告诉我呀。唐老师平静地拍了拍他的肩膀，说："告诉你又能怎么样，我这病都十多年了，还没退休的时候就得了，一直也没把我打垮。这两年确实是因为老了，身体大不如前，我有个学生在终南山下开发了一片茶园，环境不错，适合养老，我就在那附近买了一个老乡的小院子，幽幽静静的，舒服着呢。也是前几天刚回市区来，想把这里的家具呀、书呀、资料呀规整规整，该捐的捐，该送人的送人，这房子是学校的房子，迟早要腾出来的，趁我现在还能动……"

"老师，您……"

年十一哽咽着说不出话来。唐老师却并不为自己的明天而感到担忧，她说："人生的终点都是一样的，不过是早一步和晚一步的区别，有什么可难过的。我这辈子很满足，我从没有虚度过一天时光，虽然我一直为生活本身的痛而感到痛，但我知道，那些痛并不是我一个人的痛，是这个世界的痛。

生而为人,谁没有痛苦难熬的时候呢?我不为自己的人生感到迷茫,只为这个世界的痛,而痛……"说罢,唐老师问他,"你来找我是不是有什么事?"

"还是老师您了解我。"年十一不好意思地低下了头,之前几次遇到难解的心结,他都会来找她,把内心的想法、顾虑、焦灼一一说给她听,唐老师耐心地听着,听完会给他分析和指点,教他为人处世、审时度势,教他如何用哲学的眼光来看待这个世界,看待人性深处的种种面目,教他如何在这个社会上立足,该弯曲的时候一定不能直,该挺着腰板的时候一定不能弯,要他学会和光同尘,收敛自己,放低自己,去掉内心的浮躁,自强自立,不卑不亢,不俗不谄,不论何时何地处于何种生活环境,都要坚守住内心的安宁和正气,定其心才能应天下之变。当年他和黄于格打算开广告公司,也是经过了唐老师的指点,而且她还把自己几个做生意的朋友介绍给了他,请他们多多关照。包括租的那栋写字楼,唐老师还托人跟老板说情,免了三个月房租。

"你说说看,这回又遇到了什么事?"唐老师一边整理着桌子上的书,一边说。

年十一把自己心里对生活和工作的迷茫、焦虑、痛苦、无助像竹筒倒豆子似的全部倒了出来。唐老师依然安安静静地耐心听着,听完以后,她把眼镜取了下来,坐在沙发上悠闲地喝起了茶。她说:"你的迷茫,并不算真正的迷茫,真正的迷茫不是不知道自己该干什么,而是失去了人生的方向,从你的话语中可以听出来，你对生活还是充满希望和信心的，只是不知道接下来该怎么重新出发而已，但你的心里已经确定了目标，对不对？十一，你有些浮躁了。"

"对，也许我的确是浮躁了，我想要的东西太多了。"年十一忽然就认识到了自己的问题。

唐老师接着说："人不可能什么都有，所以，你不能什么都想要，但我也理解你的处境，你今年也三十六了吧？也算是人生过了一小半，正是上有老下有小的时候，总想着能多挣点钱孝敬父母，也能给孩子一个更加优越的生活条件，但往往许多事情是你越想要什么，就越不容易得到什么。万事万物都有它自己的发展规律，'为者败之，执者失之。'强行作为的人必败，强行把持的人必失。十一，你需要调整你的心态，而不是整天把自己陷入焦虑和困惑中，当你去除掉自己身上的浮华和过度的欲望，你的心就会平静下来，就不会觉得生活那么累了。"

年十一点点头，表示认同老师的教诲。

唐老师又说："你是太有理想抱负了，反而成了阻碍你前进的包袱。人要学会放弃，学会卸下包袱，学会轻装上阵，安然地等待生活的转机，才能度过风风雨雨。前几年你生意做得不错，大概你是内心膨胀了吧，人在得意的时候，往往会被一时的得意蒙蔽，不能正确认识自己，常常唯我独尊，忘记了初心，这叫得意忘形，实际上这是非常不成熟的表现。世事变幻无常，所以，一个人不论出身多么高贵，地位多么荣耀，都应该收敛自己，淡泊处事，超然做人，以一种平和的态度面对世事，才不至于被人生的骤悲骤喜打垮。你是太想冲到人前头去，所以才迷了路，老师劝你静下心来读读书。"

"老师，谢谢您，听您一番话，内心轻松多了。"这几年来，年十一的确是太想成功了，什么都要争着比别人强，想要大房子，想要豪车，想要花不完的钱，想要妻子变得温柔懂事，想要女儿听话乖巧不哭不闹，还想要童曼对他一心一意守身如玉，永远是他的女人。欲望，真是一种太可怕的东西，像闸门一样，一旦打开，就难以关闭。

唐老师一边跟他说话，一边继续整理着书桌上的书，年十一也帮着往纸箱子里装。突然，唐老师把一本书翻开，递到他面前，说："十一，你是不是常常觉得这个世界上没有人能真的懂你？"

"是。"

"这个世界上谁又能真的懂谁呢？许多事情不过是自我幻想罢了。看看这首诗，'知我者谓我心忧，不知我者谓我何求。'十一，这世界上最好的伴侣，其实是孤独，不要把灵魂深处的依靠寄托在别人身上，这个世界上没有人会真正地懂你，你不必为此而痛苦。"

年十一接过唐老师递给他的书，看了一眼封面，是《诗经》，她翻开的正是《王风·黍离》：

彼黍离离，彼稷之苗。行迈靡靡，中心摇摇。知我者，谓我心忧；不知我者，谓我何求。悠悠苍天，此何人哉？

彼黍离离，彼稷之穗。行迈靡靡，中心如醉。知我者，谓我心忧；不知我者，谓我何求。悠悠苍天，此何人哉？

彼黍离离，彼稷之实。行迈靡靡，中心如噎。知我者，谓我心忧；不知我者，谓我何求。悠悠苍天，此何人哉？

第六章　再回首

西安的深冬，带着一种拒绝别人靠近的无情和冷漠，把与这个城市无关的人都推到了心门之外。

柱子觉得自己就是那个心门之外的人。他带着满心的疲惫和哀伤回到西安，整个人颓丧到了极点，仿佛一夜之间就老了好几十岁。回到单位的第一天，领导就宣布了张甜担任办公室副主任的职务，还说希望大家以后多多支持、配合她的工作。

会议结束后，柱子胸口憋着一口气，满腹心事地给年十一打电话让他出来陪他喝两杯。饭桌上，酒已斟满。年十一问他："你又咋了？"

柱子说："世道人心，难以捉摸！"

年十一又问："到底怎么了？"

柱子叹了一口气，说："也许一开始我就不该幻想什么。"

"到底怎么回事？"年十一急得有些烦躁了。柱子不说话，继续闷着。最终，柱子也没有告诉年十一，到底发生了什么。只是往后的日子，柱子不再加班了，总是沉迷于酒吧。

而年十一呢，也终于开始了新的生活。有了唐仁山老师的开导和教诲，他不再为自己的人生感到迷茫和绝望。他答应了高明朗的所有要求，坐上了西安分公司总经理的位置，高明朗承诺给他的待遇也一分不少地给着他。但没过多久，年十一的内心又陷入了痛苦和压抑中。慢慢地，他发现高明朗这个人其实很阴险，对人虚情假意，说得比唱得好听，做事却是另一回事。

也许，在这个城市里，大多数人都背负着各种各样的压力。又何止他一个呢？想想便算了，忍一忍总会过去的，他不过是给高明朗打工，挣那点工资罢了，他无权指点别人的人品道德和处事方式。

时间一天天流逝，他对童曼的感情也在不知不觉中发生着变化，或许是他自身对爱情产生了绝望；或许是妻子对他的态度让他意识到了婚姻的危机，不敢再轻举妄动；也或许是唐老师对他的点化，使他觉得自己根本无法在别人身上找到安慰，一切的痛苦只能自己默默承担……他似乎真的不再依赖童曼了，不知不觉，他们已经三个月没联系过。

本来这段日子过得挺平静，谁知童曼却主动来找他了。她更瘦了，走路的时候轻飘飘的，像羽毛一样随风飘动。

他们约在"老地方"咖啡馆。这个咖啡馆的名字叫"老地方"，也是属于他们的老地方。

当服务员将两杯咖啡放在桌上，把卡座的纱帘拉上的那一刻，年十一的心里还是忍不住又一次点燃了爱情的火焰。

"十一，我今天来找你，是想请你帮个忙。"她的语调很平缓，很疏远，很淡然，带着求人办事的恳切。

"怎么了？"

"还是我公公的学生想出书那个事儿。"

"你公公……的学生？出书？这事跟我有什么关系？"

"我公公和你岳父是好朋友，他之前找过你岳父，说让舒老师给看看稿子，后来我公公的学生把稿子发过去了，舒老师说不适合出版。"

"这事我有点印象，作者是不是叫关欣？"

"对。关欣也是我老公的同学，所以他托我再来找一找你。"童曼的脸上没有一丝表情，仿佛不是他曾经认识的那个人。

年十一很惊讶，到底是什么让童曼这么快就转变了自己的角色，而他却还迟迟无法走出来？

"你们……还好吗？"

童曼回答："挺好的，我已经去银行上班快两个月了。"

"祝贺你，终于开始了新的生活。"年十一脸上笑着，心里却在滴血。

"谢谢！"童曼喝了一口咖啡，"真苦！"

"加点糖。"

"天来让我少喝咖啡，我婆婆也说喝咖啡不利于怀孕。"

"你们有孩子了？"年十一的心脏被狠狠地扎了一下。

"在备孕。"童曼有点不耐烦了，"好了，不说我了，我来找你就是为这事，你要不和舒老师说说让她帮帮忙吧，争取能够出版。关欣说费用这方面他不在乎，大不了就是多出钱呗。现在自费出书的人多了去了，也不见得每本都是好作品，再说了，现在谁还看书啊，出本书自己玩儿呗。"

年十一郑重道："我很少跟舒兰说工作上的事，我们都是互不干涉。"说完，他顿了顿，补充道，"不过，既然是你来说，我肯定会跟她再说说，至于她们社里能不能出，那可能得看他们领导的决定。"

"那好吧，就这事。我先走了。"童曼拎着包站了起来。

"小曼，你等一下！"年十一感觉自己有很多很多话想对童曼说。

童曼坐下来，面无表情地看着他。

年十一想说什么，却欲言又止，咬了咬嘴唇，把头侧了过去。

"你想说什么就说吧。"

"这十年虽然我们很少见面，但我每天都在想你，你是能感觉到的，对吗？"年十一很激动地握住了童曼的手。

童曼像触电似的将手缩了回去。

"忘了这段记忆吧，太煎熬了。人生不该如此……"

年十一的眼睛模糊了。

"是啊，人生不该如此。"

"十一，振作起来，好好生活，忘了过去，忘了我吧。"

他长长地吐出一口气，勉强说道："你老公同学出书的事，我会跟舒兰说的。小曼，以后我们还是朋友吗？"

"都行。"

"都行?"

"不管是不是朋友,我都会扮好自己的角色。不瞒你说,我跟天来坦白了我和你的故事,积压在心里实在太难受了。他很惋惜我们之间的感情,而且很信任我,他知道我不会再爱你了,因为我伤透了,死心了。今天,是他让我来找你的,也不仅仅是说关欣出书的事,他也希望我跟你把话说清楚。"

"对不起,我打扰你们了。"

"十一,我们之间……没有故事了,连回忆也没有了。天来很爱我,对我真的很好很好,余生,我也只有他了……"

"祝你幸福!"

"对了,天来说,你要是想再开公司,需要贷款的话,他愿意帮你申请最大的额度。你身边的朋友如果有需要,也可以找他。前不久,他刚升了职,这方面能说上话。"

"谢谢,暂时不用。"

"那我走了,有事打电话。"

年十一明显感觉到,童曼现在和自己说话没有太多顾虑和羁绊,轻松多了,他知道两个人之间的感情已经完全变了,可是他还是不愿意接受这样的事实。

童曼走后,年十一又在沙发上坐了好一会儿,咖啡已经凉透,喝进胃里又苦又冰。他不想回家,最近,舒兰又带着囡囡回娘家住了,屋子里空荡荡的,他突然很想给舒兰打个电话,很想听听囡囡的声音。囡囡最近会说的话越来越多,已经可以连续说很多很多话,小脑袋里总是冒出许许多多奇奇怪怪的问题，比如，她问爸爸，为什么天会黑？然后又会亮？年十一说，这是自然现象。囡囡又问，什么是自然现象？她把自然的然说成"严"，但丝毫不影响她的心情，她依然兴致勃勃，问东问西。每次一见到爸爸，囡囡就会摇摇晃晃地扑进他的怀里，紧紧地搂着爸爸的脖子，又亲又抱。

他打电话给舒兰，是岳父接的电话，说舒兰带孩子下楼玩了没带手机，还让他一会儿去家里吃饭，要跟他喝几杯。年十一的心里当下涌起一股暖流，岳父肯定知道他和舒兰关系紧张，却从没有指责过什么，总是劝女儿要好好过日子，千万不敢冲动地做出不该做的决定，不管怎么样，为了孩子也得忍忍。此刻，岳父既然这样说了，他就不好推辞了，正好借此机会，把舒兰和囡囡接回家。

当晚，年十一陪岳父喝酒喝得十分尽兴，岳父拉着他的手，语重心长地说："孩子，可不敢把日子过乱了，家是大后方，不管干啥事，一定要把家里的事情先处理妥当……"

岳父还想说些什么，但最终没有说出来，缓步走进了卧室。岳母已经趁着他们说话的空当，把厨房和餐厅收拾干净了，也进了卧室。年十一知道岳父岳母的用意，遂顺着台阶往下走，自己也回了房间。

自从舒兰回出版社上班以后，他们的吵闹就变成了冷战。这种冷，让年十一深深感到舒兰的陌生。他们的几次争吵，都把话题引向了离婚。如果不是有了囡囡，两个人真有可能走向婚姻的边缘，可孩子是无辜的，她正在成长，需要爸爸妈妈的关爱，他又怎么可能不管不顾呢！

他在床边坐下，囡囡已经在小床上睡着了。这是舒兰在带孩子的路上取得的重大进步，以前囡囡总是"闹"夜，整晚整晚都要妈妈抱着才能睡，这段时间囡囡出奇地懂事，不仅不需要妈妈整晚抱着睡，还能独自睡在旁边的小床上。年十一觉得这是天意，是女儿在冥冥之中感到这个家庭即将走向分裂的边缘，她在用自己的乖巧懂事维护着它的完整。

"你还是回家去睡吧。"舒兰冷冷地说着，但身子却下意识地往里面移了移。

年十一躺下来，向舒兰靠近了一点。

"有你在的地方才是家。"

"少来这套！"她推开他。

"我没有了你，就没有了家。"他又伸手抱她，这次舒兰扭动了几下不再挣扎，年十一顺势让双手穿过睡衣，游走在她的每一寸肌肤……他脑海里却浮现着童曼的话，他感到自己的灵魂正在坠落，坠入万丈深渊，他听着妻子渐次粗重的呼吸，心中的痛苦、内疚纠缠在一起，他再也按捺不住内心的欲火……可两个已经陌生的身体，像完成了一次仪式，却并没有撞击出多少爱的火花。一番云雨之后，年十一呼呼大睡起来。

翌日清晨，他开车送舒兰去上班，囡囡还是留在岳父岳母家。新的一天开始了，冬日里难得的暖阳照亮了这个城市的每个角落，每一条街道，每一个巷子，每一片砖瓦都散发着阳光的味道，却好像都与自己无关。

路上，他把关欣要出书的事又跟舒兰说了一遍，舒兰沉默了片刻，说这事不是我说了能算的，得先请编辑部的同事审读、探讨之后再决定是否上报给社里，最终由社里决定是否出版，即便是自费出版，也不是大家想得那么简单，有钱就能出书？这简直就是胡说八道！文学不能没有底线，编辑更不能没有底线。临下车的时候，舒兰对年十一说，关欣的稿子我会再认真读一遍，也请其他同事认真对待，讨论以后是什么结果，我再给你回复。对了，你怎么认识关欣？

年十一当时就愣住了，没想到舒兰会突然这么问，他吞吞吐吐犹犹豫豫地说，他是我一个朋友的老公的同学。

舒兰"哦"了一声，关上了车门。

在残酷的现实面前，年十一考虑再三，还是没有抵挡住三万月薪的诱惑，自己做公司时并不觉得一月三万有多少，但今非昔比了，他需要收入，当然越多越好。

高明朗兔子一样成天东蹿西跳，一会儿在河南，一会儿在北京，一会儿去了新疆，一会儿在非洲，总之，自从年十一来新公司上班以后，就很少再见到高明朗本人，工作上的电话倒是一天好几个。

这天，高明朗突然回来，拉着年十一要出去喝酒，喝得半醉不醉的时候，高明朗就开始跟他诉苦，说生意多难做，钱多难挣，说他一个月光给工人发工资就得七八十万了，自己穷得老婆孩子都养不起，却总想着给手下的人多发点钱，别人还不理解他，背后骂他黑心肠。高明朗一边说，一边喝酒，一边抹眼泪。

年十一刚开始还同情高明朗，可是很快他就反应过来了，高明朗心里不爽。不爽的原因就是觉得给他发的工资太多了，他想反悔当初的承诺，又拉不下这个面子，只好演这么一出戏。

高明朗喝到最后连路都走不稳了，年十一也头昏脑涨得厉害，他不是个不懂人情世故的人，高明朗碍于面子绝对不会说要少给他发点工资，但他不能不给自己台阶下，否则日后怎么相处？年十一便说，我知道你难，从下个月起，你少给我发点，我干的这些事，其实也值不到三万。

高明朗忙说，我不是这个意思，你咋能这么想哥呢？哥给你十万八万都是应该的，咱们是兄弟……

总之，那副做派确实令人作呕。柱子说得没错，人生如戏，全靠演技。他在心里骂了几句脏话，但脸上依然挂着微笑，他拦下一辆出租车，把高明朗塞了进去。

凌晨三点的西安大街，星月浩渺，霓虹璀璨，人流车流渐渐稀疏，恢复了夜的宁静。这个城市看起来很疲倦，经过了长年累月的艰辛劳作和繁华喧闹，不免伤痕累累，憔悴不堪。

一个人独自走在大街上，寒气侵体，万箭穿心般痛。他的脑海里又想起童曼那张恬静、温柔、白皙、娇嫩的脸，那么美丽动人，那么光彩夺目，那么熠熠生辉，然而，她已经不属于他了。就像天上的白月光，永远照在他的心上，永远无法触及。

在那白月光之下，却是那么残酷的现实，人与人之间的钩心斗角，一张张俊俏面孔背后的肮脏、虚伪、尔虞我诈……这一切的一切，都是那么丑陋，那么令人作呕。

他很想找个地方好好地、尽情地吐一阵子，把心里因为酒醉和恶心集聚起来的污秽物都喷泻出去，让自己暂时做个干干净净的人。

"啊……"年十一喊叫了出来，大街上空空荡荡，偶尔有出租车经过，闪着耀眼的红光驶过这条街。街道两边法国梧桐树光秃秃的身子整齐地伫立在那里，多么挺拔、伟岸、壮观！

一声呐喊，让他有点大脑缺氧般的眩晕，他蹲在地上，然后又坐在了地上。他忽然觉得自己此时此刻很小很小，小得能把自己装进口袋里，带到天涯海角、带到任何地方，唯独不想待在这里。

转眼快到春节，大街小巷都挂满了红灯笼，密密麻麻的红色呈现出一幅欢乐祥和的景象。

年十一和柱子约好，腊月二十三一起回老家。

走之前，年十一照例去看望了几个大学老师，还有以前帮助过他的人。可惜唐老师不在西安，他只能打电话问候一声。看望完几位老师以后，年十一又去商场买了一大堆东西，给父母和老家亲戚。

年十一跟舒兰商量过,想要带囡囡回老家看看,但舒兰不同意,说老家那么冷,又没暖气,孩子冻感冒了可不行!她的态度很坚决,年十一知道自己即使再坚持,结果也不会改变。

年前的这段日子舒兰工作很忙,几乎每天都在加班,囡囡依然住在姥姥姥爷家,他已经很久没见到女儿了。他打电话给舒兰,舒兰刚下班回家,正准备吃饭。

囡囡接到爸爸的电话显得十分兴奋,一直抱着手机不放。年十一问囡囡:"想不想回去看爷爷奶奶?"

囡囡说:"想。"

舒兰立刻抢过电话,问:"年十一,你怎么回事啊?跟我工作做不通,你就想哄孩子回去啊?我跟你说啊,不是我不想回去,是孩子太小,回去不方便,万一再感冒了怎么办?"

年十一一时无语,说:"我只是逗逗孩子,碍你什么事了?"

说罢,舒兰挂了电话。

年十一受了舒兰的气,顿时心里凉了个透,但他也无可奈何,对这个媳妇失望至极,不管什么话,从她嘴里出来就变了样,让人不爽,但他知道态度强硬又会伤害到囡囡,索性作罢。

终于要启程回老家了。

虽然一个月前才回去过,但依然无法遏制回乡游子激动渴盼的心情,那种感觉就像有一头凶猛奔跑的鹿,在他们的心里撒欢。

柱子昨晚喝多了，一直说胃疼，年十一只好一路开车，让柱子好好休息休息。

柱子说："我最近什么也不想干，总觉得人疲倦得很。"

年十一问："还为办公室副主任那事儿闹心呢？"

柱子摇摇头，点了支烟给年十一，又给自己也点上。他叹息一阵，说："有些事，想一想也挺没意思的。"他的情绪很复杂，有激动，有愤怒，有无奈，有绝望，有许多他无法言说的委屈和压抑。

年十一看了他一眼，说道："谁不是生活在水深火热之中呢？"

"你说，我跟你，还有于格，我们怎么都这么悲摧啊？三十好几的人了，还是一事无成，整天在外面装孙子，一个月的工资只够还房贷、还车贷、还信用卡，就这还欠着银行一屁股债。活着，咋就这么难呢！"

年十一也跟着感慨道："是啊，谁说不是呢？以前开公司的时候，天天在外面装孙子，巴结吹捧客户。现在我这收入也不低啊，咋就入不敷出了呢？当初，我爸妈让我回老家考公务员，我是死活不愿意。那时候觉得西安哪儿哪儿都好……"

"连厕所都是香的，哈哈。"柱子插话。

"你还别说，让我下定决心留下来的，还真是因为厕所。那时候我爸妈催我回家考试，我在家犹豫了好几天，矛盾了好几天，终于答应了他们。有一天晚上，我出门上厕所，我妈说厕所门口的灯坏了，得打手电筒去。于是，我就打着手电筒去，后来，我不小心把那手电筒掉茅坑里了，四下里漆黑一片，我差点摔进去。这时，一只蝙蝠从我的头顶飞过，吓得我三魂去了两魂半。再后来，我回到西安取行李，打算听从爸妈的意见回去考试，我临走的那天，在西安火车站的厕所里，突然下定了决心，我不想走了，我要留在这里，这里的厕所都吸引人，那雪白的瓷砖，明亮的灯光，晃得我眼花缭乱。我给爸妈打了电话，说我不回去了，我决定要留在西安。如今，我混成这样，真不知道当初的选择是对是错……"

"唉，都是命吧。"柱子从来不说认命的话，在他的世界里，命运都是掌握在自己手上的。他是个经历过苦难的人，父亲去世后，他幼小的肩膀就承担起家庭的重担，面对母亲和继父的不幸婚姻，他隐忍了太久，压抑了太久，如今妹妹好不容易长大成人，在北京考上研究生，半工半读，生活得不错，对他也算是种安慰。

柱子接着说："我突然好想回到高中的时候，那时候虽然过得很痛苦，但我有梦想，梦想着将来有一天能够逃出姓朱的那家伙的魔掌，能够给我妈和我妹好的生活。可是，不知道从什么时候起，我妈和我妹就不再需要我了，而我，生活的琐事也让我无暇顾及她们。"

年十一问："晓雪现在还好吗？"

"哼！"柱子冷笑一声，说，"她现在改名了，叫李茉莉，听着就让人上火，什么茉莉玫瑰的，还说想让自己成为一个灵魂有香气的女子。我呸，她就是作！使劲作！"

"妹妹长大了，应该有她自己的生活，你也该放手了。我觉得，茉莉这个名字挺好听的，让人生出几分怜惜之情来。对了，过年她回家吗？"

"她哪里还记得这个家？除了给她寄钱，她恨不得把过去忘得干干净净。"柱子从前从不这样说妹妹的不是，在这个世界上，他爱妹妹胜过了爱自己，以前宁可自己住地下室，一天只吃两个馒头喝几杯水充饥，也要把钱省下来让妹妹吃好喝好。

正说着，黄于格的电话打来了，柱子接通点了免提，一听电话里说让晚上喝酒，柱子就上火了："胃疼得快废了，还喝个锤子酒！"

年十一却大声说道："喝，必须喝！晚上谁不喝谁是孙子！"

一阵嬉笑之后，车子驶出了高速路出口。南麓市满城的霓虹闪烁，似乎并不比西安暗淡很多。但不知道为什么，年十一对这里始终没有那种归属感。他曾把自己比喻成一匹骏马，而家乡的小城并不是他想要的草原。

小城的腊月热闹非凡，大街上张灯结彩，各大商场人山人海，路上车流如潮。

黄于格说约了几个高中同学要聚一聚，毕业近二十年，他们还是第一次大范围聚会。

这天,同学来了十多个,直到大家都到齐了,柱子才姗姗来迟。大家要求统一都穿着提前定制好的印有学校标志的服装来,他也没有穿,依然一身西装革履。一走进包间,柱子就一副成功人士的做派,对同学们说:"对不起对不起,刚从市里一个领导那儿出来,知道我回来了,非得请我喝茶,还要请我吃饭,说了好半天才把人回绝了。"

张璐就问:"市里哪个领导啊?您还亲自接见一下。"张璐在市里某部门工作,知道柱子就是喜欢故意抬高自己的身份,便故意调侃道。

柱子哈哈一笑,说:"这我怎么好说呢,领导的行踪和交际圈我怎么能出卖?"

大家也哈哈一笑,这事就过去了。没有人再继续追问柱子为什么迟到,开始自顾自地高谈阔论。

柱子坐在年十一旁边,年十一看到柱子的额头上满是豆大的汗珠,悄悄问他:"你怎么了?满头大汗的。"

柱子说:"没事,没事,就是刚才走得急了,有点热。"

年十一又说:"老实交代,你到底干吗去了?现在才来。"

柱子邪恶地一笑:"嘿嘿,你猜我去见谁了?"

"谁?"

"小丸子。"柱子捂着嘴小声地吐出三个字。

柱子嘴里说的那个小丸子,年十一认识。那是追求了柱子十几年的爱慕者。他们上高中的时候,小丸子才上小学四年级,是他们高三英语老师的养女。之所以叫她小丸子,是因为她长得像动漫人物"樱桃小丸子"。那时候,大家都喜欢逗她玩。

英语老师那时四十来岁,丈夫不能生育,于是就领养了这个看起来呆头呆脑的小女孩。她叫吴迪,也有人叫她"无敌小丸子",她是个典型的乖乖女,对爸爸妈妈的话言听计从。小丸子初中的时候却喜欢上了回母校看望她妈妈的李宝柱,也就是柱子。

柱子到现在都不知道她到底喜欢他什么,但是这些年一直没有停止过对他的追求,哪怕是他已经谈了女朋友,她也会找各种机会来见他。当年,柱子和年十一他们一起在西安上大学,柱子每周都能收到小丸子的书信——手写的书信,柱子刚开始还回信,劝她好好学习,不要胡思乱想,以后一定会遇到更好的人。小丸子却很执着,仍一如既往地给他寄去一封封信,从初中到她上大学,柱子是她的寄托。后来,柱子便不再回信了,甚至收到她的信连拆都不拆就扔进了垃圾桶里。

"你们还有联系呢?"年十一十分纳闷,这个小女孩到底喜欢柱子什么呢。

柱子说:"一直都有联系,不管我换多少个手机号,她都能找到我。这不,知道我回来了,堵在我住的酒店门口,非拉着我去吃饭,我能怎么办啊?"

"你不会把人家怎么了吧,那可是我们老师的女儿!"年十一说。

"我有那么禽兽吗?"

"那谁知道呢。"

"反正我问心无愧。"

在班长的号召下,大家共饮了一杯。南麓市喝酒的规矩,讲究的是在座的有身份有地位的人先提议一杯,大家共饮,酒过三巡再各自"打关"。提议第二杯的是王伟,据说他现在已经混到了市里某单位副职的位置,他腆着啤酒肚,站在座位前,举着酒杯,对大家说:"咱们毕业这么多年,第一次聚到了这么多人,以前都是小范围坐坐,今天真是不容易,首先得感谢于格的召集。同时呢,我们也要感谢来自省城的李宝柱同学亲自莅临现场指导!不不不,还有十一呢!"

年十一对于同学的打趣,只是笑笑,并不说话。

柱子谦虚地打断王伟:"不敢不敢,老同学你挖苦我呀!对了,我忘了告诉各位老同学,我改名儿了,我现在叫李研。"说罢,他从西装的口袋里拿出一沓名片,让服务员发给大家。

王伟接着说:"谦虚归谦虚,以后大家有什么事儿该麻烦还得麻烦。第三呢,咱们得庆祝一下,我们的班花——张梦,过完年就要去英国开音乐会了,有机会给咱们开个专场呗!"

张梦从小学音乐,在业界已有一定的名望。大家对此唏嘘不已,大概她是唯一一个坚持梦想并且成真的了。张梦也不多说什么,只优雅地对着大家说谢谢。王伟说:"来,我们一起干了这杯酒!"

提议第三杯的,是柱子。他没有多说什么,明显已经开始心虚,不再夸夸其谈。他在工作上的处境,也只有他自己知道。他说:"感谢大家,这杯酒,敬我们的青春,敬我们的过去,也敬我们的未来!干了吧!"

酒过三巡,大家的情绪高涨起来,第一个拿起分酒器"打关"的是吴丹,她是高中时期班里的文艺委员,现在在市中心开了三家美容养生会所,还给每人发了一张会员卡。

柱子问年十一:"你说,吴丹那胸是真的吗?她的身材真好啊!"

"你又犯毛病了?"年十一瞥了他一眼。

柱子偷瞄了一会儿吴丹的身材,又转过脸来对年十一说:"以前只觉得张梦这朵班花是朵花,现在看来,岁月真是不饶人啊!张梦也太瘦了点,完全就是几根骨头架子嘛,只能看不能摸。吴丹倒是不错,前凸后翘,脸蛋也漂亮,就一个缺点,下巴磨得太尖了,像锥子……"

"张梦是歌唱家,不瘦一点怎么上镜头?吴丹干的就是美容这一行,不把自己整得前凸后翘锥子脸,能吸引来顾客吗?行了,你正常点吧。"年十一拍了拍柱子的肩膀,发现柱子脸上的汗珠越来越多。

"你怎么了?怎么出这么多汗?"

"我没事,一见到这么多美女,我激动,我开心啊!再说了,你不热吗?空调开得这么老高。"

正说着,吴丹就端着酒杯过来了。上学的时候,年十一就不是个喜欢出头的人,这些年虽然生活在大城市里,结婚生子,还开过公司,但只有他自己知道,他生性爱清静怕热闹,因此在整个聚会上,都显得沉默寡言。

"十一,现在是西安人了,也不常回来看看我们。"吴丹的下巴确实很尖,以前她是国字脸,现在是锥子脸,而且脸上一点皱纹和杂质也没有,但肤色看起来并不像三十多岁女人正常的颜色,透着一种激素过剩的光泽。

"我哪里就成西安人了,我还是南麓人,是临江县金沙河人,永远不会改变的。"

"你媳妇儿是西安人,你不也就顺理成章成西安人了嘛!"

年十一听出来了,吴丹的语气里带着一点点鄙夷。难道在别人看来,因为他找了个西安户口的老婆,就算入赘西安的上门女婿了?这让他的心里立马生出一团火来。不过,这点小事又何必较真呢?

吴丹又说:"你真有福,老婆家那么有钱,可以少奋斗多少年啊,连房子都不用买了。"

这下年十一顿时觉得脸上挂不住了,原来,在别人眼里,他是个靠着老婆才在西安安家落户的人。这让他男人的尊严受到了打击和伤害。但他立刻又劝自己要沉住气,在任何时候都不必对任何人解释任何事,于是他只淡淡地回了句:"大家都混得挺好的。干了吧!"

年十一喝下的这杯酒,多多少少有点喝闷酒的意思,他突然觉得同学之间的这种感情特别乏味，虽然看起来亲切平和，热闹开心，但谁又能真正把谁放在眼里呢，大家衡量别人的标准，大概只是看一个人有多少钱，开什么车来的，现在当了什么领导，开了什么公司。而女同学们，比的就是谁的老公有钱、有地位，而她们背后真实的生活正在经受着怎样的煎熬，谁又能知道呢？他看着在座的每一个人，不由自主地冷笑了一声。

大家都戴着面具而来，谁也分不清谁是谁，也不必分清。

柱子喝酒有点猛，一圈"走"下来，就开始胡言乱语了。年十一把他按在座位上，让他喝碗汤，先别去"打关"了。柱子说："十一，小丸子喜欢我这么多年了，我咋就一点都不喜欢她呢？"

"你这会儿提小丸子干吗？"年十一恨不得拿手捂住他的嘴，怕别人把这话传到英语老师的耳朵里去。

"我……只是为她感到惋惜罢了，那么好的姑娘，为什么非要在一棵树上吊死呢？"

"怎么回事，具体说说。"年十一还是忍不住好奇。

柱子靠近年十一的耳朵，悄声道："她今年都二十七了，一直没有谈过男朋友，别人介绍的相亲对象，见都不去见一眼。她说，这辈子要么嫁给我，要么一生不嫁。你说，这么死心眼的姑娘，我该拿她怎么办啊？"

"听说，她现在在市图书馆工作，还写小说，这几年还出过书，发表了不少作品。你说，思想挺丰富的女孩子，在感情这个坑里,咋就是爬不上来呢?"年十一也感到惋惜。

"对呀,谁说不是呢!十一,你说我到底要怎么办,才能让她死心呢?"

"结婚,你结婚了她就彻底没戏了呗。"

"哎呀,咋又扯到这上头了。我在跟你说小丸子啊!她说她愿意等我,愿意嫁给我,她什么都不要。我的天啦,她说得头头是道,把我感动得稀里哗啦的。十一,你说,我该怎么办啊?"

年十一拍拍柱子的肩膀,示意他淡定一点,别让人发现他这波涛汹涌的激动情绪。这时,黄于格过来倒酒,看见柱子满头大汗,脸色苍白,忙问道:"柱子,你咋了?"

柱子忍着胃疼,感觉胸腔里已经没有了任何器官,一股一股的热血顺着血管逆流,一下接一下地冲击到头顶。

突然,柱子倒在了地上,嘴里喷出一口鲜血。

大家一拥而上,拉的拉,扯的扯,柱子在一群人的拉扯中被拽到了沙发上。很快,救护车来了。

欢笑声、嬉闹声、觥筹交错声,一切都戛然而止。这场本该带着依依惜别之情和对未来充满憧憬、向往的同学聚会,在柱子倒下的那一瞬间结束了。

年十一怎么也没有想到,柱子的身体早在一年前就出了问题。医生问柱子,以前有过胃出血吗?柱子含混不清地说着,好几次了。

黄于格跟在医生后面,与医生形影不离,不停地问东问西，问得医生都烦了。

"他怎么会是胃癌呢？"

医生说："患胃癌的原因很多，他主要是饮食不当，时而饥饿时而过饱造成的，再加上喝酒抽烟，这胃就坏掉了……"

"你别跟我一套一套的，你就说，咋治！"黄于格很冲动。

"我们明天开会研究一下，再找家属谈吧。"

黄于格还想说什么，医生已经离开了病房。他想冲上去，拉住医生不让走。他实在无法接受柱子现在的遭遇。年十一拉住了他的胳膊。

"十一，柱子这样，怎么办啊？"

"走，楼下抽根烟。"年十一看着病床上戴着氧气罩、生命垂危的柱子，心里想着此刻的他终于不用再伪装自己，终于摘下了面具，他的脸上带着轻松的笑容。

二人来到吸烟处，点了烟，焦灼的心总算略微平静了一些。

"还是得跟他妈和妹妹说一声吧。"年十一说。

"那是。"

年十一给柱子的妹妹打了电话，李茉莉在电话里当即就崩溃了，大哭着问哥哥的情况怎么样，让年十一帮帮忙，再好好照顾几天，她马上买机票回来。

李茉莉还算有良心，毕竟和柱子是同胞兄妹，有血缘关系，第二天晚上就回来了，是借朋友的车开回来的，春运期间不好买机票，火车更是想也不要想了，她开了一天一夜的车，累得全身发软。加之心急如焚，李茉莉一进医院的大门就差点晕了过去。这时的柱子已经醒过来了，在母亲的悉心照顾下，他已经能说话能喝水了。

柱子的母亲差三个月才六十岁，看起来却像是快七十岁的老太太了，那苍老无力的身子，总让人忍不住心疼。年十一还是好几年前见过一次柱子的母亲，那时候她没现在这么老。

年十一清楚地记得，他们上初中那几年，柱子的母亲精神状态就很糟糕，整个人动不动就发愣，眼睛盯着一个地方能整整看上半天。

柱子曾经跟年十一和黄于格说，姓朱的不拿他母亲当人看，一见到她就拳打脚踢，要命的那种狠劲儿都用上了，他真想拿把刀杀了他！

那样的日子没过几年，柱子的母亲就有些精神失常。一开始，大家还以为她对生活绝望了，要轻生，后来，邻里乡亲们发现她和街上有名的精神病人王婆子差不多。

有一年冬天，柱子和年十一在县城上高三，平时也都住在学校里。下了最后一节晚自习，是晚上十一点整。班主任老师冒着漫天的飞雪穿过操场，急匆匆地冲到柱子面前，气喘吁吁地说："李宝柱，你快点回去，你妈病重了！"

柱子吓得魂飞魄散。上个周末走的时候，母亲的病情明明已经稳定了，怎么又会严重了呢。那时候柱子的母亲已经病了一年多，在柱子父亲的战友陈叔叔的帮助下，去过好多次医院，一直吃药控制着，病情也渐渐有了起色。

柱子来不及收拾任何东西，连厚外套都来不及穿一件就跑下了楼，冲进冰天雪地里。当他回到家，天已经快亮了。柱子不知道自己是怎么走回去的，也或许是跑回去的，他感觉全身的力气都没有了，快到家的时候，他几乎是爬着前进的。母亲已经被邻居们抬回家，用绳子绑着全身，按在床上。

以前，母亲只是发愣，从没有真正地发过疯，做出过激的行为。这一天不知道为什么，她看到满河的鸭子，就忍不住拿起手上割猪草的镰刀追着鸭子乱砍起来……

大家还没有来得及数柱子的母亲到底杀死了多少只鸭子，他们就发现她疯了，她不仅杀了一堆鸭子，她正拿着刀割自己腿上的肉。

刘麻子一把从背后抱住她，抢了她手上的刀，接着，她被按在了地上。来了几个男男女女，拿着绳子把她绑了起来。村主任说，人发疯的时候，自己是不受控制的，只能绑着，免得她再伤了别人，伤了自己。

柱子母亲的腿上，被割出几条血口子，在邻里乡亲的帮助下，伤口已经包扎好了，但纱布外面仍有血渗出来。

柱子跪倒在母亲面前，喊了一声："妈！"

柱子永远忘不了那一声"妈"，那不是从嗓子里发出来的，是从灵魂里发出来的，是从骨头缝里发出来的。这时，那姓朱的男人终于回来了，只见他衣衫褴褛，摇摇晃晃地走进来，手上的酒瓶子里还有半瓶酒。

柱子起身就是两拳，打在继父的脸上。大家伙儿又是拉又是拽，终于把柱子拉开了。村主任说："老朱，你出去，我跟你说个话！"

那晚，姓朱的男人没有再回来。第二天，柱子把母亲背到村口，坐上了去县城的班车。那时候的母亲已经不发疯了，却依然愣愣的，不知道走路，不知道说话，张着的嘴巴里不停地流出一汪一汪的口水。

柱子住院的这几天，脑海里不断地闪现着这些画面。如今，母亲坐在病床边上，脸上写满了焦急和心疼，但更多的是岁月的哀伤和痕迹。

"哥！"李茉莉叫了一声，扑进柱子的怀里。

"别哭，哥没事。"柱子的声音低沉而沙哑，是好不容易才从嗓子里挤出来的那种。

李茉莉抱着母亲大哭了一场，这场突如其来的灾难，已经彻底击垮了这个家。柱子的陈叔叔也来了，一个劲儿地跟在医生后面问情况，说一定要不惜一切代价治疗，倾家荡产也要先救柱子的命。

年十一和黄于格也累得筋疲力尽，熬了几个晚上实在熬不住了。黄于格说不行了我们先回，人都聚在这里也不起作用，吵吵嚷嚷的还影响病人休息。

年十一说："好，我这次回来，连家都还没回呢，我妈一天打十几个电话问柱子的情况，其实是盼我赶紧回去。"

二人从医院里出来，便各自回家了。

大街上人流如潮，街道两边的路灯杆上密密麻麻的小红灯笼迎风飘扬。挨家挨户的店铺里面摆得都满满当当，门口的人们排着长队，等着买年货。人群中，年十一看到"小丸子"——吴迪，跟在爸妈的身后若无其事地走着，木偶似的。

她还不知道柱子生病住院了，否则，这个世界上又多了一个伤心的人。

除夕夜的前一晚。

趁着天黑，童曼终于可以钻进自己的房间哭一场了。她不知道这个世界上还有什么办法可以减轻一些她的痛苦，只有痛哭过后，才会觉得自己好受一点。

以前，她从来没有想过，自己会把生活过成这样。在别人看来，她现在过得风光明媚，嫁了一个又帅气又有钱的好老公；工作也稳定了，又体面又轻松；在西安那个别人都难以立足的大城市里，她一个外来的打工妹能够住上那么高档的房子；而且，公公婆婆都是知识分子，通情达理……

总之，她是从小麻雀变成了彩凤凰。七大姑八大姨们都羡慕不已，大姨说，小曼啊，你老公还有没有单身的朋友或者亲戚，给我们家菲菲也介绍一个。

童曼无语，不知道该怎么回答，只能沉默。

三姑说，小曼，你问问天来，他们银行还招人不？给我们家小虎安排安排，他现在在工厂里开车，实在太辛苦了。

童曼还是沉默。

舅妈又问，小曼，你们什么时候要孩子啊？

童曼说，不着急，再等等吧。

舅妈嗔怪道：还等？你这过完年就三十四了，虚岁三十五，再等下去将来生孩子有你的罪受！我们邻居家的女儿，三十二岁了，怀了几年怀不上，只能做试管婴儿，那个受罪啊，那个花钱啊，真不是一般人撑得住的……

舅妈还想继续说下去，童曼的母亲看出了女儿的心思，便叫小曼，来，给我帮个忙。好不容易从人堆里钻出来，走到厨房里，空气终于清新了，她长长地吐出一口气。

"小曼，妈叫你躲开，并不是觉得她们说得不对，你这姑妈姨妈舅妈们，可都是为了你好，我只是看你坐那儿别扭，你咋不跟她们搭话呢？人家来我们家做客，你这个态度，别人还以为你不欢迎人家呢。再说了，你和天来今年刚刚结婚，初次回家过年，可得好好表现。"

"表现什么啊？你当我是演员吗？别人想看什么，我表演什么！"童曼生气地说。

"你这孩子，你要气死你妈啊！"母亲也生气。

童曼扔下手中正在剥的葱，钻进卧室，反锁上门，扑倒在床上，哭了起来。

终于可以任由眼泪放肆地倾泻了。

眼泪，真是一种神奇的液体，在一定时候也是一种良药，能够把心里的痛苦和压抑排解出来。她常常观察镜子里自己的眼睛，这双眼睛多神奇啊，有时候，它能隐藏起所有情绪；有时候，它又什么都隐藏不住。就像此刻，泪腺就是她情绪宣泄的唯一出口。

晚饭已准备好，石天来敲了几次门，童曼都没开。她给石天来发微信，说胃不舒服，想休息一会儿，让他招呼客人们吃饭。

石天来心里也不舒服，他第一次来岳父岳母家和这么多亲戚一起吃饭，若是童曼不坐在他身边，算怎么回事啊。他们当初结婚的时候，时间仓促，认识不到三个月就办了婚礼，所以也没来得及回家乡和亲戚们相聚，现下，是石天来最应该表现的时候。

父亲更加生气，他没有想到以前乖巧懂事的女儿，今天会让全家人这么难堪。父亲是县里某单位的一个负责人，三个月前刚刚退休，母亲曾经是一所小学里的副校长，颐指气使惯了。八年前，童曼悄无声息地离家出走，坚定不移地砸了铁饭碗，一心扑向大城市，已经让父亲母亲恼羞成怒。好在这个世界上没有人知道，她真正离开家的原因是为了和年十一在一起。或者说，没有人知道童曼是为了一个男人而变得这么疯狂。

如今，这事更不敢让任何人知道了。爸妈好不容易才原谅了她，也放任她去外面的天地闯荡。可惜的是，这么多年了，她一直没有找到人生的归宿。要不是母亲以死相逼，童曼又怎么会嫁给石天来呢。

父亲继续敲门，小曼，你开门，我跟你说句话你再睡，好不好？

其实，这个时候的童曼已经哭够了，心里也宁静了许多。她突然有了一种罪恶感，她也不知道自己为什么会崩溃到想要一个人大哭一场，但她就是难受，说不出的难受。

她打开门，红肿着双眼，披头散发地从房间里走出来。客厅里、餐厅里，满满当当地坐了两大桌客人，所有人的目光都聚焦在她的脸上。

"真不好意思，小曼，大姨今天得罪你了。"大姨说。

"是啊，都是我不好，是我多管闲事。"舅妈说。

"其实啊，我们也是关心你嘛，你别往心里去啊。"三姑说。

"小曼，你都这么大的人了，怎么还这么爱哭啊……"舅舅的脸黑得像锅底似的。

大家七嘴八舌地说着，夹枪带棒的话语中尽是对童曼的不满。

"对不起，对不起各位长辈，都是我不好，我刚才跟小曼开玩笑，开过火了，惹她不高兴了，都是我的错。"石天来倒是懂得适时给童曼台阶下。他摸摸童曼的头，像对待孩子似的揽着她坐下，又温柔地说道："对不起老婆，都是我不好，都是我不好。"

童曼挨着石天来坐下，紧紧地握着他的手。父亲招呼大家开吃开喝，并对大伙说别把孩子的事放在心上，两人都这么大了，咋都跟小孩子似的闹着玩呢。

那是童曼这些年来，吃得最难受的一顿晚餐。

客人走后，父亲已经喝多，早早睡了。母亲在厨房收拾

第六章 再回首 / 155

碗筷和残羹剩饭，她说要去帮忙，母亲不领情，一句"你不给我添堵就是帮大忙了"怼得童曼心口痛了好半天。

石天来这边倒是风平浪静，他的酒量也不错，仅是微醺。他拉着小曼的手说："小曼，你陪我出去走走吧，给我讲讲你生活的地方。"

童曼说："不去了吧，外面这么冷。"

"就楼下走走。"石天来已经拿来了童曼的外套，等着她出门呢。童曼无奈，只好跟着他下楼去。

她知道，石天来肯定是有话要说，要回避岳父岳母。

果然，没走出多远，石天来就开口了："小曼，我对你这么好，就算你是块冰，也总有融化的时候吧？"

"对不起，我今天的确是失态了。"童曼也认识到了自己的错误，从结婚以来，她的情绪一直都控制得很好，虽然谈不上多么深爱丈夫，但丈夫对她点点滴滴的好，她都牢牢地记在心里，而且心里发过毒誓，再不许去想年十一。可是一回到南麓市，一看到曾经熟悉的一切，她就后悔起来，后悔当初为什么会为了一段爱情做出那么疯狂的事呢？

"小曼，忘了从前吧。"石天来低沉地说，眼睛里净是卑微和疼爱。

童曼说不出的感动，原来丈夫是懂她的，一切的痛苦都源于她的心还没从过去的爱里面抽身出来。直到这一刻，她才觉得自己已经放下了，彻底放下了。

寒风中，童曼紧紧地抱住丈夫，像抱着她的全世界。

"过年真是一点意思也没有！"黄于格最近特别爱抱怨，一见到年十一就不停地说这样不好，那样没劲。

"感觉你最近特别焦虑。"年十一说。

下午三点。南麓市某西餐厅里。全餐厅只有他们一桌客人。

"十一，我郁闷了。"黄于格鼓了好大的勇气，才开口对年十一说道，"我都到这个年龄了，居然栽到了一个女人手上。"

"张丽莎？"年十一一点儿也不觉得奇怪。

黄于格说："唉，这个女人已经把我逼疯了，她为了给孩子治病，居然把我的猪场抵押给银行，贷了二十万的款。"

"这么大的事，你居然不知道？"

"不，我知道，是我帮她办的。"

"你疯了吧！"年十一生气地把刀叉扔在了桌子上。

"对，我是疯了，我疯得无药可救。我就是爱这个女人爱得发疯了。"

"于格，你到底图她什么啊？"

"什么也不图，就是想对她好。"

"那你既然什么也不图，为什么又觉得很痛苦呢？"

"我压力太大了，每天都在想钱的事！"

"唉，你呀你，还是太善良了。"

"我们结了婚就是一家人，她的女儿就是我的女儿，这一点我是无怨无悔的，但我真的压力好大……"

"那能有什么办法,慢慢还呗。"

"唉,可是压力真的好大。算了,不说这事了,告诉你个惊天秘密!"

"什么?"

"丁安娜要结婚了。"

"跟谁?"

黄于格欲言又止道:"算了,还是不说了,说不准到时候还请你参加婚礼呢,那你不就知道了嘛。"

"快说!"

"孙猴子。"黄于格嘴里的孙猴子,是他们大学时一个系的同学,因为姓孙又瘦得像个猴子,大家就叫他孙猴子。

"你还记得毕业晚会那天吗?孙猴子还拿着吉他在舞台上唱了一首歌,说送给藏在他心里很多年的那个姑娘,那时候大家就起哄,问是谁,孙猴子打死都不说。这么多年了,那猴儿一直没结婚,一直在等丁安娜呢。"

"真执着,我都被感动了。"年十一上大学的时候和孙猴子打过架。那时候孙猴子和学校的一些人搞了个乐队,成天嘚瑟,甩着他那头油腻的长发到处唱歌。有一次,在卫生间,孙猴子不小心把尿洒到了年十一的脚上,年十一脱下鞋就扑过去打他,直打得他求饶才算了事。

"你还别小瞧那猴子,听说他还是个富二代呢。"

"是不是每个富二代都喜欢玩音乐啊?以此来叛逆父母,拒绝继承遗产?"

"如果当年丁安娜和他结婚了,我又该是怎样的命运呢?都是青春惹的祸,写什么鸟诗啊!"黄于格说。

"现在还写诗吗?"

"写个鸟啊,都混成这样了,还有闲工夫干那事呢。"

"对了,你还记得小丸子吗?"年十一突然问。

"当然记得啊。"黄于格听到这个名字有点激动,"不是追了柱子很多年吗?"

"现在还在追呢!"

"真是的,柱子有什么啊,她到底喜欢他什么呢?唉,感情这个东西啊,真是说不清楚!要么爱而不得,要么得而不爱。"

年十一说:"人家小丸子现在是作家了,写小说呢,你不跟她聊聊诗歌?聊聊文学?"

"是吗?那挺厉害呀!你别说,现在搞文学的人,真是稀有动物了。"

"想当初,咱们上学那会儿,你写诗,多少小女生迷恋你呢,大家也都可羡慕你了。"年十一说,"如今,别说写诗了,让你写个广告词你都费劲吧。"

"是啊,也不知道从什么时候起,文学梦就破灭了。"黄于格突然伤感起来,"总说生活不止眼前的苟且,还有诗和远方。可是这些年,我们努力地生活,努力地挣钱,就是为了将来有一天不再为钱而苦恼,就是为了有足够的时间和金钱去追寻诗和远方,然而,这整日为钱奔波的日子什么时候才是个头啊。我回来这几个月，其实想了很多，如果我一开始就留在老家发展，不管是考个公务员还是自己做点小生意，或者早点把我舅舅舅妈的猪场接过来，我现在一定不至于这么落魄。"

"你有什么好落魄的？至少你还有猪场，今年猪肉卖得多好啊。你看看我，再看看柱子，咱们谁比谁好得到哪里去呢？放眼望去，我们身边的人，大多都是表面风光，谁知道背后承受着多大的压力，经受着多大的磨难……"

"是啊，风光背后，不是沧桑，便是肮脏。十一，看开点吧。"他们喝了口茶，因为要开车，都没有喝酒。黄于格继续说，"我一直很纳闷，柱子这么多年为啥不结婚呢？"

"不结婚的人多了去了，柱子喜欢自由，正常。"

"对了，白玲那乳腺癌是真的假的啊？现在怎么样了？"

午十一说："柱子让我跟医生打听过，说幸亏是早期，做了手术已经没事了。柱子当初真是傻，你说白玲那么好的女人，他怎么就鬼迷心窍非要跟人家退婚呢？"

"也许柱子当初是不甘心吧，他觉得自己又有本事长得又帅，找个老婆带不出去，丢人得很。其实现在回头看看，咱们几个的老婆里面，还就属白玲是个过日子的人，乍一看她普普通通，简简单单，穿得也朴素，但那张脸看久了让你觉得安心温暖。"

"对，我也是这个感觉。上次我去医院看她，她虽然病着，瘦瘦的，五官也还是好看。唉，柱子可咋办啊，这几天你去看他了吗?"

"去了,天天去。他妈知道柱子这病得切下半个胃,整天哭得死去活来,看得人揪心得很。"

黄于格在电话里跟年十一说过柱子的病情,得切掉半个胃,以后,柱子就不能大吃大喝,不能抽烟喝酒了,可能身体会大不如前,不过好在命保住了。年十一想起柱子上大学和读研究生那些年,饥一顿饱一顿不说,常常一两天连碗泡面都吃不上,打临时工挣的钱都用来给母亲买药和供妹妹上学了。

吃过饭,年十一和黄于格又去医院看了柱子。年十一得赶紧回西安了。春节放假七天,他天天都在家里过着浑浑噩噩的日子,脑子里一点儿也没想工作的事。昨天晚上,高明朗打电话来,说让他去河南,那边有好多事情需要他干。

柱子的手术要正月十五以后才能做,虽然人已经清醒过来,但也元气大伤,整个人看上去软绵绵的,有气无力的样子。他比从前更瘦了,和孙猴子当年差不多。年十一记得以前柱子经常骂孙猴子瘦鬼,瘦得没个人样了。如今,柱子也成了"瘦鬼",也没人样了。

和柱子告别以后,年十一就急匆匆地出发了。走时,他对柱子说:"你好好养着,心里别多想,咱们西安见。"

柱子说:"你回西安了帮我去单位请个假,我给领导打过电话了,但得签请假条,还要附上就医证明,你一会儿帮我复印一套带上。"年十一点头答应。他发现柱子的眼睛里没有了从前那种强硬的光，而是柔和的，散漫的，仿佛不聚焦似的，就那么懒懒地从双眸里投放出来。

年十一走出病房，不曾想在一楼的大厅里看见了童曼。她在石天来的搀扶下，往医院里面走。

他们不偏不倚地迎面相撞。对，就是撞在了一起，那碰撞的声音仿佛整个城市都听见了。

"童曼！"年十一的嗓子里发不出声音，至少发不出别的声音，只挤出这两个字。他眼里的童曼憔悴而赢弱，娇柔的身姿更加单薄了，单薄得如同一张纸，一张随时可能飘起来的纸。她脸色苍白而忧郁，眉头处打着死结，皱得像朵开败的蔷薇花。

"你好。"童曼咬着嘴唇，眼睛里闪烁着晶莹的光。

石天来见过年十一，一口就叫出了他的名字。

"你怎么了？病了吗？"年十一问童曼。

"天来大惊小怪，就是这几天吃得太油腻了，有点反胃，他非要带我来医院。"童曼嘴上埋怨着丈夫，脸上却隐藏不住心里的甜蜜和幸福。

"你都吐了一晚上，还说没事！"石天来露出了着急的神色，想摆脱这场毫无意义的交谈，"走吧！"

"对了，上次拜托舒老师的事，怎么样了？"童曼问年十一。

"还没回话，我回去以后问问她。"

"好，拜托了！"童曼很客气，很疏远。

在石天来的催促下,童曼跟着他进了急诊室。

晴天霹雳!用这样的字眼来形容此刻的年十一,一点儿也不夸张,他突然感觉童曼的陌生、冷漠、疏远,她真的像对待一个普通的熟人那样对待他,甚至,熟人还可以嘘寒问暖,他们之间却不可以。

没有了魂的年十一如同一具行尸走肉,游离在南麓市大街的暮色中,他不知道自己是怎么走到高铁站的,两只脚不听使唤地乱窜,整个身体东倒西歪,五脏六腑被掏空了似的飘浮着。

手机响起来,屏幕上跳动着"亲爱的"三个字。

"爸爸,爸爸……"囡囡在那边咿咿呀呀地叫着。

"囡囡乖,爸爸马上就回家了。"

接着,电话那边就传来舒兰的声音:"老公,上车了吗?我给你做了你最爱吃的土豆牛肉,还有白灼虾,你到车站时给我打个电话,我好把米饭焖上。"

年十一心里瞬间涌出一股暖流,舒兰已经很久很久没有跟他这样亲热地说话了。她是关中人,平时以面食为主,陕南的菜品她并不擅长,今天却做了他爱吃的饭菜,还亲热地叫他老公。

"好呀,我进站了,一个小时后到西安。"

囡囡又在电话那边不停地叫着:"爸爸,爸爸,爸爸……"

第七章　止步迷途

当晨光微亮，当雾霭初醒，大地萌发出一片新的生机，这个城市又热闹起来。

城墙下，三五个老人在吹奏着乐器，练唱秦腔。年十一第一次驻足认真听了一会儿。

这个早晨，他是幸福的，伴着露水的清香，他仿佛闻到了空气中有淡淡的梅花香。是的，梅花开了。

"梅花开了。"他嘴里念叨着。

"早就开了。"旁边的一位老大爷，一边做着扩胸运动，一边说。

"哦？梅花开得这么早啊？"年十一忘记了上一次停下来看花看草是什么时候，每天匆匆忙忙地工作，哪里有空闲去关注一场花的盛开，一场雨的到来。

老人说："梅花是开得最早的，腊月二十左右就露花苞了。你们年轻人忙，没空看这。"

老人的背影远去了，声音却一直停留在他的耳畔。的确，年轻的人们永远都在忙，忙着生活，忙着恋爱，忙着还房贷、车贷，忙着结婚离婚再婚，忙着把自己变老。可是，什么才是生活呢？年十一越来越迷惘。他望着公园里的梅花，黄色的花瓣在晨露的滋润下幸福地咧着嘴笑。

若不是舒兰让他去菜市场买点菜，他大概依然会忙碌着去上班，没有时间步行在这条路上。他走着走着，就来到了菜市场，买了葱，买了青菜，买了湿面条，以及舒兰交代的其他东西。

年十一还沉浸在昨晚的幸福之中。确切地说，是他和舒兰都还沉浸在昨晚的幸福之中。

他从高铁站出来，给舒兰打了电话，舒兰兴高采烈地煮上了米饭。当他推开家门，屋子里已经弥漫着米饭和土豆炖牛肉的味道。舒兰亲热地接过他的行李箱，在他的脸上狠狠地亲了一下，甜甜地说："老公回来了，一路上累坏了吧，你快去洗手，咱们马上吃饭。"

"囡囡呢？"年十一问。

舒兰说："我妈带回去了，明天我爸要去外地玩，半个月才能回来，想囡囡了，让我妈带回去住一晚。"

年十一有那么一瞬间是失落的，在车上他还在想，一回家就能抱着女儿了，亲她娇嫩的小脸蛋，把她高高地举在头顶，听她张大嘴巴发出咯咯咯的笑声，那是一种多么神奇的无法抗拒的幸福啊，可是孩子不在家，家里空荡荡的。但是很快，舒兰就靠过来了，黏着年十一要亲亲抱抱，宛如换了一个人似的。从前的争吵、前些日子的冷漠，此刻都不复存在，她就像一个小孩子似的黏着他。

吃过晚饭，舒兰说要躺在沙发上看电影，她想看老片子《泰坦尼克号》，年十一说这也太老了吧，还是小时候看过这部片子呢。舒兰就说，正因为是老片子才经典呢，我也是高中的时候才知道这部片子的，那时候多单纯美好啊。

年十一叹息道，当一个人开始怀念青春的时候，就说明他已经老了。

舒兰也感叹："不知不觉我们就走过了七年之痒。十一，以后我们会越来越好的，对吗？"

年十一揽过舒兰，电影开始了。杰克和露丝在船上第一次相遇。舒兰躺在丈夫的怀里，有了一种前所未有的幸福感和安心感，不知不觉竟然泪流满面。

年十一紧紧地抱着她，也不问她怎么了。他明白她这些年心里的苦，就像，他明白自己心里的苦一样。爱而不得。于他而言，是得而不爱。他突然很同情怀里这个小女人，虽然她有时候矫情做作，总是小题大做地变着法儿跟他吵架，但此刻，一切都安然、静谧、美好。

电影没有看完，年十一就忍不住了，抱着舒兰进了卧室。或许，那是第一次，他感觉到自己也可以全心全意地爱这个女人。从前的每一次亲热都是为履行丈夫的职责，甚至，都是舒兰主动地索取。而这一次，是他心甘情愿的。

是幸福吗？也不全是。还带着愧疚。他很清楚地明白自己此刻的心情到底为什么而起伏。大概是源于对妻子的亏欠，源于在童曼那里得到的绝望，他忽然有一种想要抛下一切和妻子好好生活的愿望，也忽然清醒地意识到，童曼不再属于他了，从此以后，他们不再是同一个世界的人。

年十一从菜市场买了东西回到家，舒兰已经化好妆，穿戴整齐，准备出门了。她今天的气色格外好，有了爱情的滋润，她的脸上有了不同于往日的幸福和平静，两腮微红而饱满，皮肤光滑而白皙，淡淡的细纹更显得她成熟有韵味。

"今天下午我要见个读者，不回来做饭了，你自己安排吧。"舒兰说。

年十一说："好，下午我也不一定能回来，我得把手头的工作移交一下，过几天就要出发了。"昨晚空闲的时候，他已经把要去河南工作的事情跟妻子说了。

舒兰的手机响了，是囡囡打来的视频电话，母女俩闲聊了三两分钟，舒兰便出门去了。

年十一也换了衣服要去公司。

是夜。

这个城市已经落了一天一夜的雪，但依然没有那种茫茫白雪宛如童话世界的画面，往往是雪还没落地就已经融化。

年十一站在窗前，忧伤地看着这个城市，望着脚下这个辉煌的世界，他有点不敢相信自己的眼睛。真的，有那么一瞬间他以为自己从此就要告别这个世界了。也不知怎么了，好好地他居然发起烧来。

医生说没什么大事，就是风寒感冒，吃几剂中药调理调理就好了。他想起过年的那几天，他每天都要往山上跑一趟，坐在山顶湖边的雪地里发呆，一坐就是一两个小时。路上热，坐下来又冷，不感冒才怪。

老家金沙河村和他少年时代的村子似乎不一样了，大片的农田被建成大棚，听母亲说，那里种的香菇卖到了全国各地，真是了不起！村子里很多年轻人回乡创业，有养鸡鸭的，有种花木的，有打算开发旅游的，还引进了许多高科技的项目。年十一问母亲，都是些什么高科技的项目。母亲说，我也不懂，反正就是干啥都用机器来完成呢，还有什么直播带货，镇上的领导啊、干部啊、年轻人们，成天对着个手机推销咱家乡的农产品呢。啥时候咱们村也成"大城市"就好了，你们就不用再跑那么远了。

年十一听母亲这么说，鼻子酸酸的。毕业这么多年，他能静下来听母亲说话的时候太少了，以前甚至一两年都回不来一趟，有时候母亲在电话里唠叨，他还嫌烦。他问母亲："原来村口那棵大柏树哪去了？"

母亲说："再别提了，那树长在路中间真是不好，出了好多次车祸。半年前，一对广州的小夫妻来咱村考察农业项目，晚上开着车从那里过，结果迷迷糊糊撞到了树上，车撞坏了人也受伤了，你说惨不惨，后来村上就把这棵树砍了。砍了好，敞亮，路也宽敞了。"

年十一也顺着母亲的话说："砍了好，免得挡路。"其实，他的心里却是不情愿的，那棵大柏树有着太多太多他们儿时的记忆。他又问母亲:"以前村里那个陶大妈现在还在吗?"

母亲说:"不在了。我记得我跟你说过,那年端午节,她去河边采菖蒲,一头栽到河里,走了。"

年十一对那个陶大妈印象极为深刻。他七岁那年,跟同伴去树林里玩耍,被一只野猪撵了好远,是陶大妈拿着棒子将野猪赶走,救了他一命。

陶大妈是金沙河有名的红娘,撮合成了无数对夫妻,然而她丈夫年轻的时候跟别的女人跑了,她一辈子无儿无女,也没有再嫁人。母亲接着说:"那老婆子真是够可怜的,死了以后,村里人这里不让埋,那里不让埋,挖了几个坑都没有埋成,最终埋在了咱家的地里。"

年十一问:"谁给处理的后事?"

母亲说:"她娘家不是还有个侄子嘛,早就盯着她那点养老钱了,所以事情办得也简单。"

年十一听了母亲的话,整个心都凉透了。他仿佛体悟到了一些关于生命的感受,但具体是什么,他又说不上来。如果是黄于格,他可能会写首诗来表达。如果是小丸子,可能会写篇小说来表达。又或者,如果他是柱子,可能会喝一场酒。然而,他只是年十一,他不是别人。

他感到无尽的孤独。唐仁山老师说过,孤独才是生命本来的样子。他越来越觉得唐老师的许多话真的非常有道理,她是孤独的,他是孤独的,这个世界本身就是孤独的,所以这个世界上所有孤独的人,又都是幸福的,因为他们正在感受着生命本来的样子。

此刻，年十一站在西安的某个角落——自己家的阳台上，感觉自己如同那茫茫荒漠中的一粒小小的尘埃。他开始恐惧、慌张。说不上为什么，就是一种心被挤压到无法呼吸的感觉。

风寒感冒或许并不算什么，打倒他的其实是内心的空虚和痛苦。为事业而迷茫，为生活而压抑，为感情而痛苦，而这些内在的体会，他却无法向任何人诉说。正如那句"知我者，谓我心忧；不知我者，谓我何求"。这个世界上的每个人都在走自己的路，看自己的风景，承受自己的孤独，谁能真的懂谁呢？当然，他也试图向黄于格倾诉过，他说，于格，我有时候压抑得都要疯了。黄于格没有问为什么，反而说自己更是要疯了。

年十一不敢再对任何人倾诉，因为得不到安慰。他只能这样站在阳台上望着天空，以及天空尽头的云，有时阴郁，有时洁白。舒兰端来了药，让年十一趁热喝了。一碗喝下去，整个胃里都是苦的，那苦味放肆地流窜到每一根血管里，触动着他的每一根神经。

"十一，你有心事啊？"舒兰皱着眉头，温柔地问。

他摇摇头，心里很清楚，有些话是不能对舒兰说的，一旦说出口就是一枚炸弹，会把他和舒兰都炸得粉身碎骨。

"没事，我明天一早的火车，去南阳。"

"嗯，你去吧，家里有我呢。"舒兰给了他一个坚定的眼神。

"那你帮我收拾收拾行李。谢谢！"

"跟我说什么谢谢!"舒兰突然凑过来抱着年十一问道,"怎么不坐飞机去啊?"

"机票贵,公司不好报销。"

"你们公司做什么的呀?你都没跟我讲过。"

"我回家不想谈工作,反正就是做些生产和销售呗,说了你也不一定懂。"

舒兰又问:"感觉你现在挣的钱,比以前自己开公司挣得多。"

年十一不敢看舒兰的眼睛,这个聪明的女人,定是发现了什么端倪。

"现在的老板慷慨大方,是我大学的学长,所以挣得多一点。"

"那你好好给人家做事,多用点心,家里不用你操心,都交给我吧。"

年十一一时有点不能适应,以前舒兰总是嫌他工作太忙,没有时间陪她,总是一回家就跟他大吵大闹,拷问他去哪了,跟谁在一起,男的女的,那女的跟你什么关系……总之,以前的舒兰就像个神经病。如今,舒兰变了,她又开始投入工作,她不再疑神疑鬼,不再没事找事,不再患得患失,也慢慢回到了最初的温柔。

总之,舒兰变了。

火车摇摇晃晃地开了四五个小时,年十一也迷迷糊糊地睡了四五个小时。好在他买的是软卧票,比起那些站在车厢里的人，他已经很舒服了。

当他睁开眼，看到车窗外飞驰而过的原野，万里无云的天空之下，一群飞鸟向着南方飞去。

这群飞鸟像极了无数只纸飞机，它们已经远去，一只一只地坠落，落在了雨里，落在了泥泞里，落在了废墟里……

他又想起他和童曼初次见面的情景，她背徐志摩的诗——《偶然》：我是天空里的一片云，偶尔投影在你的波心……

她脸上的笑容像三月的桃花，抑或，像秋日的晚霞，绯红、美艳、娇柔、恬静……

但那笑容，远去了，远得比回忆还远，但又仿佛昨天才出现过。

年十一感到忐忑不安，想抽烟，摸了摸上衣的口袋，烟盒子空了，他只好忍着，却异常难受。像是要发泄一下体内的情绪，却找不到出口。

他用双手狠狠地揉了一下枕头，软绵绵的枕头，雪白的枕面立刻皱了起来，随即又慢慢恢复到原样，可是生活的褶皱却无法轻易被抚平。

思念的感觉再次刺痛了他的心。

他自己有时都感到不可思议，怎么会陷入这种情感的旋涡里无法自拔。他想挣扎，可是越挣扎陷得越深；他想呐喊，可是又有谁会听到他的声音？从前，童曼像是一根救命稻草，如今，她就像那只远去的纸飞机，飞到了别人的世界里。

年十一焦灼了一阵子，去卫生间抽了支烟——是从邻座的老大哥那里要来的。一支烟过后，他感觉自己好多了，便拿出手机给高明朗发信息，告诉他自己快要下车了。高明朗回他："我来接。"

快要到站的时候，黄于格打来电话，声音哑哑地说："十一，我遇到麻烦事儿了。银行要我一星期之内把二十万还了，不然我这猪场就没了。"

年十一问："你在哪家银行贷的款啊？"

黄于格吞吞吐吐地说："我没敢告诉你，不是正规的银行，是网上的一个信贷软件，后来我才知道，这玩意儿和高利贷差不多，我被套牢了。"

年十一对网络贷款有一些了解，贷款平台鱼龙混杂，就算是正规的也很难辨别。很多平台打着正规渠道的名义，以优惠的条件作为诱饵，实则从事诈骗行为，很多着急用钱的人禁不住诱惑，就容易掉入陷阱。

他不想再给黄于格添堵，尽量压制着内心的那团火："唉，怎么不早和我们商量，这种软件你也敢相信？现在我也想不到什么好的解决办法，这样，你要是不方便说，我找柱子，他律师朋友多，先咨询一下律师再说。"

还不等黄于格回复，年十一就挂断了电话。他没有想到经历过这么多风雨的黄于格，会在这样的事情上犯迷糊，但生气归生气，好歹是这么多年的兄弟，他还是第一时间给柱子打了电话。

柱子说得倒是轻松："交给我吧，我来处理，能让法律帮忙的，绝对不要莽撞行事。我给于格打电话，让他来医院找我，我们见面细聊。我有几个律师朋友，有办类似案子的。"说罢，柱子问，"十一，你在哪呢？"

年十一说："马上到南阳了。"

柱子问："你去南阳干什么？"

"出差。"年十一只是淡淡地回了两个字，他不知道自己接下来要面对的是怎样一份工作。

柱子又问："该没什么事吧？"

年十一说："没啥事，就是出个差。咱也好久没见了，等忙完这一段时间，回去好好聚聚。"

"行，等你忙完再说。唉……"

柱子无意间的一声叹息，还是被年十一捕捉到了，他问："叹啥气啊？"

"没有啊。"

"是不是遇到啥事了？"

柱子沉默了片刻，说道："等你回来见了再说吧。"

"那行。"挂了电话，年十一也不再多想。

这时，列车上响起了报站的声音，南阳到了。

春节的热闹气息还未散去，大街上依旧人潮涌动。

这是年十一的第三十六个生日，他不在西安，但西安的某个角落里，依然有一块蛋糕上的烛光为他亮起。

视频中，舒兰和囡囡正在唱着生日歌，囡囡还不会说太多话，但最近叫爸爸的时候，吐字愈发清晰了。

"爸爸，爸爸，生意（日）快乐！"

电话这边的年十一，感动得眼睛有些湿润。不知从何时起，女儿就长大了，她越来越黏着他，几乎每天要给他打视频电话，也越来越会逗爸爸开心了。她说："爸爸，你啥时回来，我想你，快回来啊……"

年十一想起这些，恨不得马上飞到女儿的身边。但眼下的状况，他也无法立即脱身，既然来了，那就一探究竟。

那天，高明朗从火车站把年十一接到，出了市区就上了一条公路，一开始那公路还平坦笔直，慢慢地，道路开始曲折盘旋，后来走上了乡间小路，一直走到天黑以后，车子才在僻静的小山村停了下来。明显可见，这里不论是交通，还是生活条件，都比自己一直觉得落后的老家的村庄条件都要差。

下车后，年十一举目四望，一片漆黑、低矮的铁皮厂房里，发出微弱而泛黄的灯光。

他问高明朗："这是什么地方？"

高明朗说："这就是我们的新厂，别小瞧它，一年收入几千万呢。"

年十一看着那些破旧的房子，明显就是个造假的小作坊。

每天都会有大车大车的废纸品运进来，然后在机器里加工、操作，直到生产出像模像样的纸尿裤，装进印了英文包装的袋子里，封口、贴上假标签，再大车大车地运出去。

第七章 止步迷途

这里没有手机信号，不知道是故意屏蔽了，还是位置太偏远了本来就没有。年十一问过高明朗这个问题，高明朗说，有座机，可以打电话，但有监听，有些话不能说。年十一立时明白了一切，高明朗这样做就是防止他们生产假冒伪劣产品的行径被告发。

这里的工人大约有三四十个，大多是本地上了年纪的中年男女，他们为了养家糊口来这里没日没夜地干活。工人们的工作时长几乎达到了每天十二个小时，住宿条件极差，就是在活动板房里用木板搭着通铺，大家都在上面滚来滚去，又脏又臭不说，还阴冷潮湿。不过工人们毫无怨言，毕竟工资高，吃点苦受点累大伙也心甘情愿。

年十一说："今天是我生日，我得去有信号的地方，跟我老婆孩子打个视频电话。"

高明朗望着他，一脸不悦。最终，高明朗让一个来拉货的大车司机把他带到了一个小镇上，刚好这车货要在小镇上转车。小镇离厂区一个半小时的车程，一路上摇晃颠簸，直摇得他头昏脑涨，刚下车就一个趔趄，差点跌倒。

那大车司机是个五十出头的男人，光头、矮胖，走路的时候像个鸭子。年十一无心笑话他走路的姿势，但他的样子当真是惹人忍不住发笑。年十一便问："师傅，贵姓？"

司机师傅用一口蹩脚的普通话，说："什么贵不贵啊，我叫何大路，广东韶关人。你呢，小伙子？"

年十一说："我是陕西的，我叫年十一。师傅，咱们这是要去哪里啊?"

何大路说:"去哪里重要吗?老板说去哪里就去哪里咯,只要给钱,去哪里都可以咯!"

年十一又问:"你也不管这车里装的是什么货吗?"

何大路一笑,说:"我管得了吗?只要不是毒品,我什么货都拉的啦,反正车不是我的,货也不是我联系的,我上面还有老板啦。"

半路上,年十一给何大路点了几支烟,关系慢慢拉近了一些。他从何大路嘴里得知,在这里,像这样的工厂不止他们一家。年十一问,警察不来查封吗?何大路说,年轻人,你太单纯了,这些老板在这里合理合法地生产,再加上四处打点,哪有人会举报这个事情咯!没人举报,这警察们又不会莫名其妙来这里,怎么会知道这里是什么样呢?你跟老板是合伙人,你不会不知道这里面的规矩吧?

年十一顿感诧异,他不知道自己什么时候竟然成了高明朗的合伙人了,这样下去,一旦翻船,他岂不是也要跟着遭殃?

年十一问何大路:"你知道生产、销售假冒伪劣产品是犯罪的吗?"

何大路又笑了,说:"小伙子,我就是个送货的司机,我能犯什么罪?我就算犯罪了,拉我去枪毙好啦,反正我活着也是白活,一辈子连个老婆孩子都没有,哪天要死了,就死了,我怕什么啦。"

"那你为啥还要这么辛苦地挣钱呢?"年十一反问。

何大路说:"你觉得我这么辛苦地挣钱那是为什么呢?"

年十一摇摇头,一脸茫然。

何大路接着说:"我得养我老母亲啊,老母亲瘫痪快二十年了,我要给保姆发工资,照顾我老母亲,等我老母亲不在了,我就不用再出来做事啦。"

年十一的鼻子突然有点酸酸的,心想,成年人的世界真的都不容易啊。

何大路又说:"我这痔疮都快十年了,熬成了直肠癌,我都不打算去看医生。"

"为啥不去看?"

何大路让年十一再点一支烟给他。他说:"我是信命,我就是这个命,反正已经是癌了,看医生有用吗?人都是要死的,怕什么!但我既然还没死,我就得好好活着,为了我老母亲,我也得好好活着……"

说话间,小镇就到了,几辆小型的货车开了过来,开始卸货。何大路又像鸭子似的撅着屁股下了车,走到路边上撒尿,毫不避讳路上的车辆和行人。撒完尿,何大路拿着水杯去一个房子里接水,他告诉年十一,在这里可以休息两个小时,然后咱们就得回去了,明早我得去更远的地方。这会儿你可以在这里给老婆孩子打电话了,有信号啦。

年十一的心情无比沉重,沉默了好一会儿才拿出手机给舒兰打视频,电话那边,囡囡和舒兰唱着生日歌,让年十一对着手机许个愿,年十一说,我没有别的愿望,就是希望你们俩天天都健康快乐。

舒兰和囡囡吹了蜡烛,年十一看着温馨的一幕,泪光闪闪。他的精神世界又一次被深深触动。此刻,他清醒地明白了,作为一个男人,一个丈夫,一个父亲,这是一种宿命。他怎么再能去装着一个已经失去了,而且不可能再得到的人——童曼呢,一种深深的负罪感油然而生。

他对囡囡说:"想爸爸吗?"

"想爸爸。"

"爸爸忙完就回家陪你玩。好不好?"

"好。"

年十一想要回的这个家,不只是西安的那栋房子,而是心灵的归宿,灵魂的归宿。

"到了怎么样?"舒兰发问了。

"好着呢,过几天就回去了。"年十一不敢把实情告诉她,女人的心理承受能力总是有限的,万一告诉了她,她再一着急告诉父母,到时一家人都为他操心,他会更不安心。

"好,你在外面多操点心,把自己照顾好。"

"嗯,知道。"年十一深深地吸了一口气。

正午的太阳,刺眼的光芒照在他的脸上,这个冬天终于过去了,他感到那光芒是温暖的,是热烈的,是重生的希望。

南麓市中心医院的病房里。

柱子坐在床上,精神已经大好。医生说多亏手术及时,病情暂时控制住了，好好养着，注意饮食，以后身体会慢慢好起来的。

李茉莉要赶在正月十五之前回到北京，她参加了一个国际性的研究生高峰论坛，要准备很多资料。

"晓雪……"

"我叫李茉莉！"

柱子没有想到，妹妹会这么计较这个问题。他们之前在电话里已经吵过很多次，都是为了这个名字。柱子讨厌这个名字，怎么听怎么不顺耳，可是妹妹却喜欢得不得了，她说，我希望我的灵魂里有一抹淡淡的茉莉的香气，我想忘记过去那些痛苦的事情。

柱子固执，依然坚持着自己的语气和态度："不管你叫茉莉也好，玫瑰也好，还是叫其他的花儿草儿，在我这里，你永远都是李晓雪！"

"李茉莉！请叫我李茉莉！"

妹妹已经不再是当年那个不谙世事、听话乖巧的小女孩了，不知道是从什么时候开始的，她就长大了，她背上那对"翅膀"慢慢地，慢慢地，越来越丰满，越来越强硬，飞得也越来越高。

柱子说："妹妹，你变了……"

"哥，不是我变了，是社会在变，人们都在变，我想忘记过去，有错吗？"李茉莉的眼眶涨红起来，她已经很久很久没有和哥哥好好说说话了，若不是这一次哥哥生病，她根本就不打算回来。她想要把自己的过往连根拔起，永远都不要再想起自己的童年时代。她的童年，是需要一生去治愈的。

柱子说："妹妹，我知道，哥哥以前对你照顾得不够，所以你的内心很孤单，姓朱的都死了这么多年了，你该放下的也就放下吧，不要再恨这个地方，恨这个地方的人了，好吗？"

"我放下？你放得下吗？"李茉莉的眼神犹如一把匕首，锋利地在哥哥的脸上划动。

柱子一时凝然，愣愣地待在那里，半天说不出话来。他望着妹妹如花的面孔，她的五官是那么精致，皮肤是那么白皙娇嫩，但表情却是那么僵硬、冷漠、麻木。他记得小时候，妹妹每次看到姓朱的打母亲，她都捂着脸，或者躲在被子里哭，有时候她也跟着母亲一起挨打，但从不当着姓朱的面掉眼泪，即使遍体鳞伤，她也绝不会掉一滴眼泪。但柱子知道，妹妹的那些眼泪早就化作了仇恨，深深地长在了骨子里。

"放不放得下，最终不都得放下吗？至少，活着的人还得好好活着，你这样苦在心里，恨在心里，妈多难过啊……"

李茉莉终于哭了出来："哥……"

"别哭，不管发生了什么事，只要有哥在，绝不会让任何人动你一根汗毛，就算你把天捅个洞，哥也替你补起来……"

兄妹二人相拥而泣。

第二天，李茉莉离开了南麓市。她没有让母亲送她，甚至，连道别的勇气都没有，趁着母亲去外面买早餐的时候，她悄悄地走了。她无法面对母亲那张永远也没有笑容的脸，无法面对她的痛苦和忧伤，无法面对母亲不幸的一生，每每想起这些，她都想拿把镢头把姓朱的从土里挖出来，一刀一刀割他的肉。

当母亲和陈叔叔来到柱子的病房时，柱子已经收拾好了行李，准备出院。医生说可以出院了，回家养着，没什么问题的，就是要忌口。医生说了一大堆不能吃的东西，柱子一样也没有听进去，满脑子都是妹妹抱着他哭的样子，满脑子都是他住地下室、吃不起饭的样子，满脑子都是母亲挨打后哭泣的样子……

陈叔说："宝柱，咱以后可得听医生的话，不敢再抽烟喝酒大吃大喝了，啥也没有健康要紧……"

柱子听不进去，脑子里一团糨糊，一团乱麻。

黄于格的事在柱子的帮助下，已经得到警察的介入，至于那些钱，黄于格借了还得还，只不过养猪场还继续是他的。他千恩万谢地感激柱子，说柱子牛得很，我太崇拜你了，你这人脉圈子真是广。

柱子说："于格，我还是得多说两句，别给那孩子再花钱了，治不好的。"

黄于格说："这大半年的治疗，效果其实挺好的，安上人工耳蜗以后，她已经能说些简单的话了，就是走路还不稳，这不是一天两天能治好的，但我不会放弃，这个孩子虽然不是我亲生的，但在我心里，她就是我亲生的。"

柱子不再继续往下说了，一切的劝说其实都是徒劳，何况黄于格已经和张丽莎领了结婚证。

很快，柱子出院的日子到了，黄于格开车来接他回家，柱子有一种重见天日、凤凰涅槃的重生感。

"好久没见过这么好的阳光了，我想起海子的一首诗《面朝大海，春暖花开》，里面有一句是这样说的——从明天起，做一个幸福的人。喂马、劈柴，周游世界。从明天起，关心粮食和蔬菜。我有一所房子，面朝大海，春暖花开……"

"哟，不错，你矫情起来，还真没那些作家诗人什么事儿。"黄于格也觉得心情格外平静开朗，看到柱子重生，自己也觉得生活越来越有希望了。

"嗨，就只记得这几句了。"柱子不好意思地挠挠头，却感觉头顶的头发又稀疏了一些，顿时心生悲凉道，"你现在又写诗了？我那天看你朋友圈，又在杂志上发表诗歌了？"

"也就是写着玩儿呗，我有时候心里烦躁，不知道该怎么缓解，丽莎就劝我不如看看书，写写诗，没想到这方法还真灵，慢慢地我也就平静下来了。"

"你是应该走文学道路的，怎么当初就选择了在西安闯荡呢？咱们三个就十一现在还在西安坚守着阵地，你放弃了，我也放弃了。"柱子的声音湿湿的，像冬天的早晨，雾蒙蒙的。

"你还打算回西安吗？"

"回啊！不回去上班咋行，车贷、房贷等着还呢，请了两个月假，眼看着假期也快到了。"

"没想过辞职吗？"

"辞职了我还能干什么呀？我病死了也就罢了，但只要我活着，就还得继续工作，继续挣钱，继续过从前那种日子。"柱子一边说，一边回过头看了看坐在后排的母亲和陈叔。母亲叹息着，望着窗外，自始至终没有说一句话。

从市区到临江县，走高速得一个小时。这一个小时里，黄于格和柱子稀稀拉拉说了很多话，一直到了柱子的家里，他们还在聊。

黄于格看到柱子的桌子上放着一个精致的盒子，他好奇，问柱子是什么。柱子说，你打开看看就知道了。黄于格打开，是一个优盘。

"这里面是什么？"

"吴迪给的，我还没打开看。她说是小说，你说我要这东西干什么啊？要投稿应该找十一他媳妇儿嘛。"柱子依然一副满不在乎的样子。

"哦，小丸子啊？"黄于格咯咯地笑着，"还挺执着。什么小说？要不我先帮你审阅一下？"

"行，你拿去吧！反正我也没工夫看。"

柱子没有想到，小丸子后来因为这部作品成了大作家。

当黎明的第一道曙光穿过这座陌生的城市，年十一已经做好了一切准备，他要离开这里。

高明朗似乎已经看出了他的心思，终于卸下伪装的面孔，像变了一个人一样。他把年十一锁在一间屋子里，对他说：

"兄弟，你得在这里委屈几天，等我们干完这几单，咱们就挪地方。"

"你要干什么？囚禁我吗？"

"我只是让你好好休息休息，你太累了，你需要休息！"高明朗的脸黑得像锅底似的。

"高明朗，你知不知道你这样做是犯法的？"

"犯法？我告诉你，我犯的罪足够我死好几回了，所以，多一件少一件又能怎样？"

"好歹你也是大学毕业啊！怎么能从事不法勾当。"

"传销！传销害死人！"高明朗咬牙切齿地说，"当年我被我表弟骗到一个传销组织里去了，你不知道那两个月我是怎么过来的，我不愿意再拉别人下水，我只能千方百计地逃，后来被发现了，大冬天的，那些人把我衣服全部扒掉，往我身上泼冷水，然后把我关在一个仓库里，我硬是用牙把绳子咬断了，逃了出去……年十一，你想跟我玩心计，还太嫩了，我高明朗这些年什么没经历过！"

"可你也不能害人呀！你知不知道你做的这些假冒伪劣产品会害了多少无辜的孩子？"

"放心吧，不会致命的，就是质量差点而已，又不是毒药！"

"你开门让我出去，我就当什么事都没有发生过，也不会和任何人说起。"年十一想以此摆脱高明朗，却无法得到信任，门外传来一声："兄弟，只能委屈你几天了。"

"高明朗，你放我出去……"年十一一边从里面敲门，一边歇斯底里地喊。

这时的高明朗早已走远。

入夜后，房间里冷得冰窖似的，屋子里只有一张床，床上是别人用过的被子，单薄而破烂。但眼下管不了那么多，他只能裹在身上，继续敲门，继续喊。

后来，年十一累极了，倒在床上迷迷糊糊地睡着了。

突然，门外一阵响声。接着，门被打开了。

是何大路，正拿着锤子和铁棍站在门外。

"快走吧，小伙子，沿着这条路一直向北走，到了小康村后，就有到镇上的车了。到了镇上就好了，去县城的车就多了，快走吧！"

"谢谢你，何大哥！"

"别废话，我实话告诉你吧，我不是为了救你，我是想报复姓高的。他昨天给我结工钱的时候又扣了我二百块钱，说我屁股上的血把车上的坐垫弄脏了，这小子太会克扣工人工资了！"何大路说话的时候唾沫星子乱溅，一张黝黑的脸皱着眉头。说罢，就撅着屁股，用力地摆着双腿，鸭子似的走开了。

年十一连夜沿着何大路指的方向一路小跑，终于在天亮的时候到了小康村。这里几乎算不上是个村子，就是一个荒凉的十字路口。他想打电话报警，这里可能会有信号，但是当他拿出手机，才发现手机已经没电。他被高明朗关在那间屋子里两天两夜，行李也早就被高明朗没收了。

但无论如何，他都不会死心。他站在路边，向路过的车辆招手，凛冽的寒风四下乱窜，钻进他的身体里，他缩着脖子，双脚虽不停地在走动，但鞋子里的水，又或许是汗，让冷却下来的脚指头冻得生疼、僵硬，一路上泥泞不断，水坑是常有的，他顾不得躲避，只能深一脚浅一脚地踩上去。

这样的落荒而逃并非第一次了，年十一的印象中，上初中的时候柱子常常拉着他逃课，翻院墙去镇上唯一一家网吧打游戏。那时候柱子喜欢玩CS（一款网络射击游戏），整天把自己沉迷于"硝烟之中"。也是从那时候开始，柱子学会了抽烟，打游戏打得起劲的时候，甚至还砸键盘、砸鼠标，有一次把显示器都打碎了，老板拉着他们不让走，然后，班主任来了，校长也来了。结果，显示器的钱是年十一的爸爸给的，年十一一口咬定，是他砸了电脑显示器，因为他知道，柱子家里拿不出一千块钱赔给老板的，他更知道柱子当时为什么要砸电脑。来网吧前柱子告诉他，昨晚姓朱的王八蛋又打我妈了，还踢了我妹一脚，老子真想杀了他！

如今，年十一依然记得柱子那张气急败坏的脸。他打游戏打着打着就发疯了，嘴里骂着，我他妈的怎么就杀不了你呢！怎么就弄不死你呢？妈的，又输了！柱子一边骂一边砸电脑的键盘，然后就是显示器，接着，鼠标就飞到了另一个人的身上，那人见柱子发疯，没敢声张，悄悄地溜走了。

年十一抓着柱子愤怒不已的身体，紧紧地拽着他的两只胳膊，才终于渐渐平息了他身上的火焰。而此刻，他多希望柱子能够像当时一样站在他身边。

突然，年十一冲到了马路中间，正要飞驰过来的一辆面包车上，司机慌乱地来了个急刹车，车子在地上摩擦了好一段，才摇摇晃晃地停下来，空气中弥漫着汽车轮胎被强烈摩擦时发出的焦臭味。

"师傅，帮帮忙，拉我一段吧。"年十一一边喘着粗气，一边慌张地说。他怕极了，毕竟自己差点被眼前这辆车撞死。

"你找死啊！"一个圆滚滚的胖脑袋从驾驶室的玻璃窗口伸出来，眉头之间燃烧着熊熊怒火。

"对不起，对不起。帮帮忙吧，师傅！"

那胖脑袋脸上的怒火消了一点，恨恨地问："你要去哪儿？"

"去哪儿都可以。"年十一仿佛看到了希望，"你去哪里我就去哪里。"

"我要去郑州，你也要去吗？"胖脑袋上下打量了一番，见年十一一身落魄，一脸惊恐，便问，"你有钱吗？"

"大哥，您放心。您只要把我拉到城里去，我打个电话，让我家人马上把钱打到您卡上。大哥，帮帮忙！"

胖脑袋一甩头，示意他上车。

年十一坐上了车，问那人："我可以用下您手机吗？我马上和家人联系，马上给您打钱。"

"你……不会是逃犯吧？"那人虽然怀疑着，但车子已经启动了。

年十一慌忙说:"大哥,您放心,我绝不是逃犯或什么不法分子,我就是被朋友骗了,他在这边弄了一个小作坊,生产假冒伪劣的纸尿裤。您说,这不是害人吗?他看出了我跟他不是一条心,怕我报警,所以把我锁在一个屋子里。您说,他干的这些事,我是不是得报警?"

那胖脑袋也义愤填膺地说:"这帮人实在太坏了,必须得报警,收拾了他们!现在的娃真是命大,一天天被毒奶粉、毒衣服害得,连纸尿裤都是垃圾做的,太他妈没人性了!太他妈没人性了!"他显得异常激动,车速不自觉地提高了好几倍。

"大哥,您慢点,慢点!"年十一双手紧紧地抓住把手。

"唉,我那孩子,就是从小爱喝饮料喝出白血病的,三年了,我一个好觉都没睡过。"

"啊?您孩子病了啊?"

"唉,走了三年了……三年多了……"

"对不起啊,大哥……"

那人深深地叹息着。年十一看驾驶台上有烟,便小心翼翼地想要伸手去拿。

"我能抽一支吗?"

胖脑袋点了点头。

他们一边抽烟,一边聊天。年十一从聊天中得知,他叫张锋,是南阳人,在郑州做食品小生意,老婆因为儿子生病去世，一直精神不振，趁着过年，他把老婆送回娘家让岳父岳母帮忙照顾，他要挣钱养家，一个人实在是忙不过来。他身材魁梧、粗壮，但心里却是善良、柔软的。最终，他没有要年十一的一分钱，还给了年十一一盒烟和一碗泡面。路上，年十一用他的手机给舒兰打了电话，但没敢全部实话实说，就说自己现在需要钱，赶紧给他转点钱到微信上。在车上，年十一已经借张锋的充电器充上了电。舒兰担心他，在电话里问了一连串的问题，问他在哪里，人没事吧，怎么用别人手机打电话，手机呢……

　　年十一来不及解释更多，只说，放心吧，我过两天就回来了，我人没事，一切都好着呢。

　　他第一次觉得有了家的归属感，危难时刻，舒兰成了他唯一的港湾。

　　一个星期后，那个坐落在偏僻荒野的小村子，响起了刺耳的警笛声。

　　高明朗跑了。不知道是谁放的风，他在警察来的头一天晚上就跑得无影无踪了。

　　年十一知道这个消息的时候，愤怒的火苗又熊熊燃烧起来。妈的！他骂道。他坐在警车里，对一个中年男警官说："高明朗作恶多端，该枪毙了！"

　　"该不该枪毙，法律说了算，不是你说了算，也不是我说了算。你还是少说点话吧，咱们下午回去继续录口供。"

　　当年十一从公安局走出来的时候，他的胡子已经五天没有刮了，为了把案子交代清楚，他配合警察做了好几天笔录，还帮着联系了一些同学，去了好几个地方找高明朗的下落。

　　他在高明朗手下工作了三个多月，高明朗一共给过他十二万工资，这些钱，他也如数上交了。在警察还没有提出这个要求的时候，他主动就说出来要把这些钱交出来，这些丧尽天良的钱，他不能要。

　　很快，高明朗在西安的那个厂子也被查封了。

　　高明朗成了通缉犯。

　　年十一从公安局的大门走出来，全身上下感到轻轻松松，没有行李，没有牵绊，没有罪恶感。他瘦了，乌黑的眼圈，蜡黄的皮肤，憔悴的神色，看起来好像老了好几十岁。

　　他对自己说，年十一，这是你的第二次生命，以后好好活着！

　　独自走到空荡荡的大街上，寒风丝毫不体恤他的疲惫和孤独，鞭子似的抽打着他的脸、他的身体。这座陌生的城市，让他更加想家，想舒兰和囡囡。他很想马上打个电话回去，一看时间又太早，她们肯定还没起床。

　　年十一就那样走着，走着，仿佛街道没有尽头似的，一直延伸到灰蒙蒙的天际。

　　当火车把疲惫不堪的年十一拉回到西安的时候，夜幕初垂。拥挤的西安火车站，舒兰站在出站口，直冲他挥手。年十一的两条腿像灌了铅似的沉重。他不知该怎么面对舒兰，面对女儿。

他上交的那十二万是舒兰从娘家借的。这些年，他们的生活也是捉襟见肘，大多数时候是拆了东墙补西墙。当他打电话让舒兰准备钱的时候，只有他自己知道他的心有多煎熬。

舒兰生孩子的这三年没有上班，之前的积蓄早已用来养孩子了，所以手上并没有多余的钱，她只好向父亲借。其实说借，也是一时半会儿还不了的。

年十一拥抱了一下舒兰，舒兰也顺势抱住了他。这一刻，两个人心中都有说不出的感受。年十一的嗓子里像卡了一根鱼刺。

"你终于回来了。"舒兰打破了沉默。

年十一心里清楚，舒兰这句话的更深层含义。

"走，回吧！"

"嗯，囡囡本来闹着要来，我觉得人太杂了，就没让来。我爸妈在咱家，他们带着孩子呢。"舒兰边说，边挽着年十一的胳膊，跟随着人流走出了车站。

年十一的内心在经过几次挣扎后，已经说不清童曼在心中的位置了，他想放弃，可是谈何容易，只能任"爱而不得"的痛苦啃噬着他。但他深知，无论如何，他再也不能对不起眼前的这个女人了，他是该"回来了"。

熟悉的屋子里，布满温馨，岳父坐在沙发上陪囡囡搭积木，岳母在厨房里忙碌着，几道刚出锅的菜在餐桌上散发着香味。

囡囡激动得一头扑进年十一的怀里，嘴里喊着："爸爸，爸爸……"

　　快一个月不见，囡囡长高了，头发也长长了，头顶上扎着一个高高翘起的小辫儿。她嘟着小嘴，直往爸爸的脸上蹭，还用两只小手紧紧地抱着爸爸的脖子，勒得他喘不过气来。他也恨不得把女儿与自己紧紧地贴在一起，像两张膏药似的贴在一起。他紧紧地抱着她，又不敢太紧，怕她疼，也不敢太松，怕她摔……

　　他的内心十分复杂，不知道是很久没见女儿的喜悦，还是刚逃过一场"劫难"内心的委屈，抑或是对这个家庭的亏欠，眼眶有些湿润，他只能抬头望着天花板，然后把女儿高高地举起。

　　吃完晚饭，岳父岳母带着囡囡回他们的家，第二天要带囡囡去游乐园玩儿。年十一知道，岳父岳母是想给他们二人留个空间以叙夫妻之情，而且这些年来，他们深知女儿和女婿的感情不和，有这样的机会让他们重叙旧好，他们自然是全力配合。岳父岳母都是善良宽厚的人，对女儿和女婿的生活从不过多干涉，即使从前吵架吵得天翻地覆，两位老人也不曾当面骂过年十一，至多说几句"你们要多包容对方""你们都冷静冷静，不要怒气太旺"之类的话。而且，年十一以前开公司，岳父岳母还拿出"真金白银"来支持他。

　　如今，年十一混成这样，工作没有了，还欠着他们那么多钱，他们仍待他如亲生儿子一般。舒兰是家中独女，从小被父母疼爱惯了，和年十一在一起的这些年，却受了不少委屈。年十一想起舒兰这些年的种种，纵然二人时常因为观点不和闹得不愉快，吵过无数次架，也冷战过，很多次走到离婚的边缘，但眼下，她却是他的世界里唯一的一丝光亮。

年十一的岳母收拾完碗筷，打扫完卫生，就跟岳父一起带着囡囡走了。走时，岳母对舒兰说："兰兰，你别太任性，你这脾气啊都是我惯出来的。"

年十一当然明白岳母的意思，她的言外之意是说，舒兰从小就是父母的掌上明珠，被疼爱惯了，现在，年十一，你得好好疼爱我的女儿。

岳母是个精明人，从不大吵大闹，从不说年十一半点不是，但说出来的话总是让年十一深思。比如从前他们吵架了，她就让年十一带着囡囡睡，让舒兰跟着她住客房，她会很婉转地说，十一，你最近忙，都没有机会好好陪囡囡，今天就把这个享受亲子时光的机会给你了，我和兰兰不跟你争。岳母的脸上带着温润和蔼的笑，但结果对于年十一来说并非享受，而是惩罚。囡囡晚上不好好睡觉，总是一两点才睡，而且睡着了也不能放在床上，非要抱着睡才不哭闹，他白天累一天，晚上还得带孩子，这能是享受吗？

岳父岳母离开后，整个家又安静下来，囡囡的声音还在屋子里回荡，年十一的心里突然有点舍不得让囡囡去姥姥姥爷家住，哪怕就是让他一直看着囡囡，晚上抱着她睡觉，在床边坐上一整夜也不会觉得疲惫和辛苦。

桌子上的积木被囡囡搭成了一座小城堡，红色的屋顶，黄色的墙壁，绿色的草坪。他抚摸着囡囡玩过的玩具，抚摸着那些还存有囡囡体温的积木，心里暖暖的。

舒兰已经洗完澡，穿着睡衣出来了，湿漉漉的头发凌乱地披在脑后，他闻到一股淡淡的百合花的味道。

"你看我，这肚子上的伤疤真难看……"舒兰把裙子撩起来，让年十一看她肚子上生囡囡时剖宫产留下的深深的疤痕。

年十一走过去，抚摸着她的肚子，有点松弛的肚皮，妊娠纹还没有消去。他之前从来没有仔细观察过妻子身体上的这些变化，妊娠纹怎么才能消除，他不懂这些。他只是觉得女人真不容易，他想说什么却说不出口，想伸手去把舒兰揽过来。

舒兰顺势钻进年十一的怀里，两个人的身体紧紧地贴在了一起。他们已经很久没有过肢体接触了，年十一清楚，有很多次，他感觉到舒兰需要他的时候，他总是用委婉的方式躲避了，他的心里被童曼占据着，身体本能地拒绝着舒兰。

此刻，他什么也不想了，吻住了她的唇，闭上双眼，双手情不自禁地在她的身体上游走，片刻之后，她停下来，柔情似水地说："好了，先去洗洗吧。"

年十一脱光衣服站在镜子前，镜子里的自己，肚子上明显已经有了赘肉，颈椎也出现了"富贵包"，发际线向后移了好几指。他对着镜子微笑，镜子里的自己，额头上、眼角上已经有了岁月留下的褶皱，他抚摸着自己的脸颊，胡子粗硬，皮肤粗糙。曾经青春年少的岁月早已悄然远去，那张无知无畏的脸，在现实的打磨下，已变得憔悴不堪。当他此刻仔细地端详自己，发现镜子里的男人忽然陌生了起来。

他打开花洒，水花从头顶喷洒而下，细密的水帘轻轻落在他的肌肤上，很快，热气升腾起来，镜子里那张熟悉又陌生的脸渐渐模糊了下去。

热水冲在他疲惫不堪的身体上，整个人清爽了许多。

对于年十一来说，这些日子的经历，像是一场大雨，让他得到了一次人生的洗礼。正如唐仁山老师跟他说过的，人生的每一种历经，都是可贵的，不能将你打败的，终将使你更强大。

当他推开房门，看到舒兰的头发已经吹干，柔软顺滑地披在肩上，她坐在床上，手里捧着一本书，见他进来了，对他说："我最近编辑了一个作者的小说，得到很多老师和读者的好评。"

"什么小说？我看看。"年十一一边钻进被窝一边拿过舒兰手里的书，是一本文学评论的杂志。

舒兰说："原文是我责编的，这是一位评论家给这部小说写的评论文章。对了，那个作者还是你们南麓市的呢。"

年十一一目十行地看了一遍这篇文章，激动地说："这个作者我认识，她是我高中英语老师的女儿，叫吴迪。"

"对，就是吴迪。"舒兰欣喜地说，"小小年纪，居然能写出那么细腻而且有思想的文字，得是经历了多少情感上的挫折啊。"

"她喜欢柱子很多年了，从我们上高中的时候她就喜欢上了他，那时候她还是个小孩子呢，这么多年了，真是太执着了。"年十一也为之而感到惋惜，"可惜了那么好的姑娘，唉……"

"十一，若是有个人爱你很多年，你会因为同情她而和她在一起吗？"舒兰的眼睛里仿佛浸透着大海的波浪和光芒，清澈、湛蓝、辽阔、明媚。床头柜上紫蓝色的灯光照在她温柔而深情的脸上，她的脸颊像琥珀一样光亮。

年十一当然明白她这话的意思，他也深知，在这个世界上，有太多太多错位的爱。他和童曼是，他和舒兰也是。

在这段婚姻里，舒兰一直是那个付出者，义无反顾、全心全意地付出着，她的青春、她的热情、她全部的爱和灵魂，都只为了这个男人而存在。

他没有说话，关了灯，一把将她揽入怀中，两个灵魂在黑暗中肆意碰撞……很快，年十一就败下阵来，他尽力克制，什么都不去想，只享受二人世界，可是他却没有办法完全投入。尽管如此，舒兰却得到了久违的满足，很快便依偎在他怀里沉沉睡去。

这个夜晚，这座城市里的灯，仿佛每一盏都是为他们而亮，苍穹之下，星光璀璨。

第八章　残　梦

下午三点整。

"老地方"咖啡馆。

浓郁的咖啡味，在初春的空气里弥漫。清新与厚重相互交织，飘逸和克制相互融合。大街上来来往往的车辆和人流，急匆匆地向东南西北漫延开来。

这家十字路口的咖啡馆，是童曼和年十一第一次见面时去的那家。就是在这家咖啡馆里，他知道了这个世界上竟然有这么好的女子。然而，在时光的缝隙里，他们终于还是走散了。

柱子出院没几天就又回到单位上班了，他一早就给年十一打电话，让他下午三点过来一趟，他有话跟他说。年十一也正好想找他。

从老家回来以后，年十一几乎没有出门，上一次找工作的惨痛教训让他至今心有余悸。新的一年开始了，一切都该重新开始。这次他回去，是有很大感触的。他发现家乡这几年的变化很大，不管是基础设施建设还是人们的思想观念，都在岁月的淘洗中发生着明显的变化。很多和他同龄的年轻人都不再外出打工，而是回来一边陪伴孩子上学、照顾老人，一边在当地做点小生意。

最让他有感触的是邻居金小满家，他们一起上小学的时候，金家那日子过得可真是艰难，很多时候吃了上顿愁下顿。金小满可怜，从小妈妈就跑了，他是爸爸和爷爷一起带大的。他爸爸是金沙河村有名的老实人，用别人的话评价就是三棍子打不出个闷屁来，除了埋头种庄稼，什么也不会。

金小满上完初中就辍学了，说是去了深圳打工，从那以后，金家的日子就慢慢好起来，他每个月除了生活费，剩下的钱都寄回家来，他爸爸也舍不得用，就全部存进银行，十多年下来，也有近三十万。前几年，村上鼓励老百姓创业致富，还能提供贷款以及技术指导。金小满就认准了种植大棚香菇，他爱学习，又能吃苦，日日夜夜地守在大棚里，终于守得云开见月明，一年的纯收入算下来也有十来万，这可比打工强多了。

村上又帮助金小满扩大种植规模，他也帮助村上解决了二十几人的就业问题。年十一刚把车子开进村子，就发现这里和从前不一样了。田野里也不再是单调的庄稼，还建起了大小规模不一的蔬菜棚、香菇棚、木耳棚。青山绿水间，又多了一些不同往昔的风景。

年十一跟金小满聊了整整一个下午，发现他早已不再是当年那个流着鼻涕都不知道擦的傻小子，现在的脑袋瓜子转得又快又灵。谈起对未来的规划，金小满满怀信心，说还要继续扩大规模，还要引进新品种，要把金沙河的农产品推广到全国各地去。

金小满对未来的展望令年十一心动不已。他想，如果我也回来，能干点什么呢？这事必须得好好想想。

柱子依然守时，三点钟准时来到"老地方"咖啡馆。真是"病来如山倒，病去如抽丝"，柱子已经瘦骨嶙峋，脸色苍白如纸。坐下后，柱子要了一杯白开水。

"咖啡不能喝了，饮料也不能喝了。"柱子说。

年十一问："这个点正是上班时间，你咋跑出来了？"

"这班上不上都一样，就挣那么点工资，不过就是把命吊着而已。"柱子说得很沉重，明显对生活感到极度绝望，"十一，我今天找你来，是有事拜托你。"

"咱们之间还用得着这么客套吗？有事说事。"

"癌细胞没控制住……"其实之前柱子已经预感到了，那次在电话里，他就想和年十一说，但没说出口，只留下一声叹息。

"啊？"

"医生说，后期还需要化疗，再看效果。"

"要不咱们换家医院？"

"换十家医院也没用，我咨询过好多医生，都说我这情况，也只能靠化疗维持一段时间，至于维持到什么时候，不好说。"

"唉，没有别的办法了吗？"

"我找你来,是想让你帮我把西安这房子处理掉,前些日子看病把我所有的积蓄都花光了,其实本来也没多少,就几万块。剩下的都是晓雪和陈叔叔给出的。我是想把房子处理了,把欠他们的钱还上。"

"都是一家人,有还的必要吗?"

"陈叔叔已经帮了我们家太多,虽然我一开始并不同意他跟我妈结婚,但我心里知道,这么多年他对我们家有恩,我妈以后也只能拜托他照顾了。他是个好人,对我妈,对我,对晓雪,都好……"柱子哽咽着说,眼眶里一圈儿红色,"晓雪这孩子最令我担忧,她骨子里的倔强,让我无能为力,我不知道该怎么办才能让她从童年的阴影中走出来,说到底,还是我没用……"

"柱子,你咋这么说呢,你对阿姨和晓雪已经尽到该尽的责任,何必这么自责呢?"年十一眼看着柱子痛苦难过,却不知道该怎么安慰他。也许当一个人快要走到生命尽头的时候,可能对生命会有另一番的理解和体验。

柱子接着说:"十一,你跟于格是我在这个世界上最好的兄弟,以后,你们别忘了我,清明节的时候记得给我烧点纸。"

"你胡说八道什么呢!"年十一生气地说,"至于吗?"

"迟早的事。"柱子喝了一口白开水,可能因为水凉了,又提着水壶自己加了一点热的,"房子的事,你记在心上哦。"

"你怎么不找中介公司?"

"中介费贵，还慢，我怕等不到那个时候。"柱子顿了顿，又说，"估计卖不了几个钱，银行贷款一还，剩不了多少。对了，你要跟我说什么事？"

年十一把回去以后的所见所闻所想，一一跟柱子讲了一遍，柱子觉得回乡创业的想法非常好。

"咱们金沙河就该好好开发一下，那里的风景多美呀，不搞旅游可惜了。"

"搞旅游？"年十一问。

"你说了这么半天，不就是不知道干啥嘛，我觉得搞旅游行。"

"可是旅游投资大，我现在手上可是一分钱都没有，下个月房贷还得靠舒兰呢。"

"桃花谷怎么样？咱们小时候最爱去的地方。"

"桃花谷？"年十一恍然大悟，"是呀，桃花谷，咱们小时候最爱去那里，没事儿就在那桃花里疯跑、撒欢，感觉整个天地都是我们的。我好怀念小时候那片桃花园啊，我记得是我们上初中的时候吧，那个地方就开始荒了……"

"对，初二。"柱子打断他，"那时候是李团结在那儿种桃呢，李团结是我四爸，后来全家人都外出打工，那里就荒了。算一算时间，二十多年了，那里如今都荒成啥样了？这次回去你去看了看没有？"

"没有，谁没事到那儿去呀！过年净忙着走亲访友喝酒了，天天都是醉的，就是快走的那天，我跟金小满聊了聊，突然有的这个想法。"

"小时候多好呀。"柱子说着,目光里露出对童年时光的怀念,"我爸爸没去世的时候,我们家,真的很幸福……"

"别想以前的事了。"年十一虽然这么说着,却知道柱子是不可能忘记从前的。儿时,他在金沙河村,柱子在李家咀村,两个村挨在一起,村子都不大,后来合并了,就叫金沙河村。那时候的金沙河交通不便,出行主要靠骑自行车,在他们上初中的时候,村子里开始有人骑摩托车。

李团结就是金沙河村最先拥有摩托车的人,他不忙的时候最喜欢骑着摩托车,带着老婆孩子去城里逛,村里人没有不羡慕的。就是因为有了那辆摩托车,李团结的心思才不在桃园上的,也不好好种桃了,就整天骑着车这里看看,那里逛逛。后来,他嫌城里也没意思了,就跑到了更大的城市去混热闹。有人说他进了工厂,有人说他在做电器生意,有人说他还是卖水果,反正就是发达了,成了真正的城里人。

柱子的母亲改嫁以后,他就特别不爱回家,经常来找年十一玩,他们整天躲在桃林里,桃林的中间是一个湖,湖边是草地。他们就躺在草地上晒太阳,把自己晒得黝黑黝黑的,还觉得那样的古铜色皮肤很酷。

"十一,你要是把桃花谷开发出来,在那里修个农家乐,以后咱村的经济发展就有希望了。"

"这个想法是不错,但投资太大了。"年十一发愁,"主要还是没钱。"

"可以跟银行贷款呀。现在回乡创业，政府会给予一定的帮助，无息贷款，还帮你办理审批手续，甚至还有资助和奖励。十一，我觉得这是个机会呀。"

"还有一个问题，舒兰和囡囡咋办？"

"跟你一起回去呀。"

"那不可能，兰兰是西安人，咋会去我们那山沟里？"

柱子也犹豫了。拖家带口回去创业，确实有点艰难，万一创业不成功，一家人的生活怎么办？年十一的父母都是农民，一辈子也没多少积蓄，总不至于靠他们养着。

正聊着，年十一的电话就响了，是舒兰，说关欣出书的事社里还是不同意，他的诗歌达不到出版水平，建议他找其他出版社再看看，编辑的审美不一样，也许有的编辑就喜欢这种口味的呢。

年十一问舒兰："你能不能帮着联系一下？"

舒兰说："那我试试看吧，估计可能性不大。"随后又嘱咐他早点回家，晚上她想在家吃火锅，让他先去超市买菜，她回家就做。

年十一想，这也许是个好时机，趁着晚上吃饭的时候，就把想回乡创业的事跟舒兰说说，万一舒兰同意了，这事也算有了一点希望。

年十一从咖啡馆离开后，内心就一直不能平静，好像沉浸在一种莫名其妙的兴奋之中。不远处，有一个卖糖葫芦的小店，他走过去买了两串山楂糖葫芦，那是舒兰最爱吃的。

刚结婚不久，舒兰特别想要个孩子，隔三岔五就满怀希望地用验孕棒测试。有一次，她特别想吃山楂串的冰糖葫芦，就激动地告诉年十一，说自己可能是怀孕了，这几天总是想吃酸的。年十一第二天下班回来，就给她买了几串山楂糖葫芦。她兴高采烈地吃着，满脸都是怀孕的幸福。没想到一个星期后例假又来了，她郁闷地躲在卫生间偷偷哭了一场，说以后再也不吃糖葫芦了。

再后来，舒兰终于怀孕。那是个星期天的晚上，他拖着疲惫不堪的身子回到家，一进门，她就激动地和年十一说："告诉你一个好消息！"

"什么好消息？"

"有了，咱有孩子了！"

年十一并没有表现出过多开心，只是简单应付了一下，其实他害怕接受这样的事实，他知道这样一来，他和童曼的距离又远了，尽管他不确定和童曼最后会走向哪一步，可他根本没有办法控制对童曼的思念和爱，真恨不得每分每秒都在一起。

或许是冥冥之中上天的注定吧，年十一因为心中放不下童曼，很少和舒兰在一起缠绵，即使在一起很多时候也都有安全措施，舒兰却还是怀上了，本应该开心才是，但实际上他的心里却有一丝落寞。

很快，他还是调整了过来，他要升级当爸爸了，没有理由不高兴。他激动地抱着舒兰在客厅里转圈，直到舒兰说晕了晕了，赶快放我下来，他才停下。

他拿着糖葫芦，闻着那酸甜的味道，想起那些往事来，顿时，心里跟山楂一样酸。

在小区门口的超市里，年十一买了菜，走出超市，他见小区门口有人推着车子在卖花，他又挑了几支。

舒兰进家门后，在显眼的位置看到了鲜花，还有她最爱吃的糖葫芦，心里有了久违的惊喜。

她脸上洋溢着幸福的笑容，在灯光的映照下，那张白皙的脸像极了三月里路边的小雏菊，那么明朗、清雅。

转眼两个星期过去了，舒兰没有跟年十一说过一句话。她怎么也想不通，年十一为什么要抛妻弃子回到那穷乡僻壤去。

那本该是一个甜蜜温馨的夜晚。舒兰煮了香喷喷的火锅，两人吃得正津津有味时，突然，年十一说："和你说个事。"

"嗯？怎么了，这么正式？"

"我如果回老家去，你愿不愿意跟我一起？"

舒兰说："不行，最近我手头的事情太多了，下个月一号我要去北京参加全国书博会，可能得去半个月左右，到时候你多去看看囡囡和爸妈。"

年十一吞吞吐吐地说："我不是只回去看看，我想回去干点事。"

舒兰顿时惊呆了，抬起头怔怔地看着他，说："你脑子进水了？你不打算在西安找工作了？"

"找不到合适的。"

"我爸说，他帮你联系了一家印刷厂。"

"我去印刷厂干吗？"

"搞管理呀，一去就是副总。"

"我不去。"年十一的语气变得生硬起来，他最不喜欢岳父岳母插手自己工作的事。

舒兰生气地放下碗，问道："为啥不去？"

年十一说："没什么兴趣，我就想自己干点事。"

"上次借我爸的钱你都没还上，你现在哪里有钱自己开公司？"

"我会还的！"年十一斩钉截铁地说。

为了这钱的事，他没少受委屈，以前两人一闹，舒兰就会把这件事拿出来说。三十万，不是个小数目，年十一确实一时半会儿还不上，但总把这事拿出来说，让他心里很憋屈，他不相信自己一辈子都这么窝囊没出息，他坚信自己总会翻身的，总会重新搞好事业，总会成为家人的荣耀和光彩。

空气凝固了片刻，舒兰转身去厨房收拾碗筷，剩下的菜也被她生气地全部倒进了垃圾桶。

年十一努力地让自己冷静下来，说："你都没听我说具体的想法，咋就一下子否定了呢？"

舒兰说："那你说，我听着，我看你能说出个什么花来？"

年十一把想回金沙河重新开发桃花谷、建农家乐的事详细地跟舒兰说了一遍。

舒兰说:"那你是决定不要我和孩子了是吧?"

"怎么可能啊!我是想着先回去试试,发展好了的话,你和囡囡也可以回来,毕竟你和囡囡是我在这个世界上最亲的人。"

舒兰冷笑一声:"我看呀,你爸妈才是你最亲的人,你回去创业不就是为了守着他们,给他们养老尽孝吗?"

"就算是这样,那我也没什么错吧!"

"没错,你什么都对!"

还没等年十一反应过来,舒兰生气地从家里摔门而去。

年十一知道舒兰是家里的独生女,肯定不会离开她父母的,当初结婚的时候,他答应过岳父岳母,要在西安好好奋斗,给兰兰一个幸福美满的家。这么多年过去了,他突然要离开这里回老家去,不就是明摆着要抛下这里的一切吗?他该对父母尽孝,难道舒兰就不该对父母尽孝吗?

年十一没想到舒兰会有这么大的反应,一时间不知道自己该怎么办了,他想去追,可是追上去以后他又能说什么呢?对未来的迷茫已经让他足够烦乱了,好不容易有了一些想法和规划,又得不到妻子的支持,他该怎么办呢?

这两个星期里,年十一继续过着浑浑噩噩的日子。眼看着又到了还房贷的日子,这天一早,他还在迷迷糊糊的睡梦中,手机短信突然响起,舒兰给他的银行卡里转了五千块钱。

他赶紧打电话过去,舒兰挂了,打了好几次她都挂了。过了一会儿,舒兰回给他一条微信,就三个字:还房贷。

年十一知道舒兰不是无情无义的人，只是爱耍小脾气。之前舒兰在家带孩子没有工作的时候，他从不把还房贷的压力讲给舒兰听，而且那时候他的经济状况还算过得去，最好的时候卡上的余额有一百多万。不知为什么，日子就一天一天过成了这样。如今，倒成了舒兰挣钱养家！作为一个男人，他实在感到汗颜。

他故意跟舒兰搭话：那剩下的钱呢？

舒兰发了两个发怒的表情，接着回道：爱咋咋！

虽然妻子在微信上表现得怒发冲冠，一副气得咬牙切齿的样子，但他的心里却暖暖的。妻子能这样跟他调笑，说明心里的气已经消了。他回道：行，用你的钱中午请你吃饭！就这么愉快地决定了。

舒兰继续发来几个生气的表情，但年十一知道这是已经同意了。

年十一握着手机，心想，以前舒兰从不这样跟他在微信上交流，都是有事说事，说完就谁也懒得理谁了。但是他会和童曼在微信上聊人生、聊理想、聊思念，恨不得把生活中的点点滴滴都分享给对方。如今想来，他对童曼可能更多的是一种情感上的依赖和习惯。

年十一起床后，把家里卫生简单收拾了一下，又把自己好好地拾掇了一番才急匆匆地出了门，赶到舒兰单位的楼下，马上就到十二点了。

跟舒兰一起从大门里走出来的除了几个他不认识的同事，

还有一个他认识的男人——石天来。他很诧异,为什么石天来会出现在这里?为什么会在这个时候出现?

舒兰也看到了年十一,边朝他走来,边说道:"你挺准时的嘛!石经理说你们应该认识,真巧。"

年十一心里慌乱得厉害,童曼跟他说过,石天来知道他和童曼的事,但年十一不知道他究竟知道多少。

"你好!"石天来彬彬有礼地伸出了手。

"你好!"年十一和他握手的时候才感觉自己的手心已经出汗了。

舒兰说:"走吧,石经理,我刚才说的那家餐厅就在前面不远,你把地址告诉你太太了吗?她快到了吧?"

什么?童曼要来?年十一心里发慌,但不敢表现出来,只能乖乖地跟在舒兰的身边,她说去哪就去哪。

石天来说:"她已经到了。"

"那就好。"舒兰说完,继而和年十一说:"听说你跟石经理的太太还是朋友啊?以前都没听你说过。"

年十一慌了神,整个人像被当头打了一棒似的。

"嗯……是……是……"

到了餐厅,童曼果然已经在那里了,一身雪白的连衣裙,衬得她的身材更加纤细而妖娆,一头长发也变成了齐肩的短发,从前焗的亚麻色已经长得快看不见了。她没有化妆,但脸上仍带着红晕,透着一种健康的美。

大家坐下后,舒兰就跟童曼交流起来:"听说你跟我老公早就认识了？"

"对，老家距离不远，虽然都在西安，也没怎么见过面。我以前听老乡说，他老婆在出版社工作，没想到我老公的同学出书，居然也找到了你。这真是太有缘了！"童曼倒是一点儿不怯场，温和自然地跟舒兰说着话。

"是啊，真是有缘。你公公跟我爸也是好朋友呢，他们经常在一起练书法，我爸说，你公公的书法在市面上那可是一字难求的。"

石天来立刻谦虚地说："我爸那是闹着玩儿，书法是他的副业，他主要还是研究'红学'。"

"这我知道，我们社里还出版过石教授很多评论《红楼梦》的著作，而且都成我们社里的品牌了。"

年十一插不上话，只能负责端茶倒水，或者是点点菜之类的服务。

石天来客套话一大堆，言语中都是父亲带给他的自豪和骄傲。

舒兰问："石教授在文学圈威望那么高，怎么会托我爸跟我说关欣出书的事呢？他随便给哪个出版社打声招呼，这事就办下来了呀。"

"这事真的不好意思，想必稿子你也审读了，说实话，我爸是实在拉不下这个面子，才托的叔叔。说白了，也就是个推辞。那稿子我爸没看几页就扔给了我，让我以后别因为这些小事去浪费他的时间，有些事情啊，我也是为难。其实关欣以前还是我爸的学生,上学的时候也没见他有什么写作的兴趣,毕业以后他也没干啥工作,反正就是家里有钱呗,在各地开了不少家宠物医院。他闲得无聊就开始沉迷小说,开始是看,看着看着居然自己也写开了,但说实话啊,他那写作水平真是让人不知道该怎么评价。我跟我爸也不好直接打击他,只能让你们出版社给出退稿意见。没想到舒老师是个热心人,帮忙联系了别的出版社。"

"也不知道那家出版社审稿情况怎么样?"

"昨天关欣还跟我通过电话,说那边没问题了,能出,就是稿子得按照编辑的建议再好好改改。"

"这事……真是不好意思,我也反复和领导沟通了,但领导的意思还是不能没有原则地出书,说咱们这个关一定得把好。其实,只要石教授跟我们社长说一声,应该问题也不大。"

"得了吧,我爸才不会去丢那个人呢。总之,谢谢舒老师了,让你费心了,我以茶代酒,敬你!敬年总!"石天来端起茶杯敬了舒兰和年十一。

这时,服务员开始上菜了。

童曼说要去洗手间,石天来陪着去了。

舒兰和年十一四目相对,气氛有点尴尬。

"你怎么不说话,脸色看起来也不太好。"

年十一用手揉了揉自己的脸颊,果然一层冰霜似的冷。

"没有啊。你们聊工作,我也插不上嘴。"

"怎么感觉你有点紧张呢?"女人的第六感就是这么神奇,舒兰应该已经捕捉到了现场关系的微妙。

"没有啊。"

"该不是有啥事瞒着我吧?"

"行了,别疑神疑鬼的。"

很快,童曼和石天来坐回了座位,他们开始动筷子吃饭。整个饭桌上,年十一几乎都没怎么说话,童曼也是偶尔搭几句,主要还是舒兰和石天来交流。

年十一这时才意识到,当初童曼和石天来结婚的那天,他是多么幸运地躲过了与岳父的见面。石天来的父亲和舒兰的父亲是好朋友,石天来和童曼的婚礼舒兰的父亲理所当然是应该去参加的。可是婚礼的头一天,年十一的岳父扭了腰,还是由他把老爷子送到医院去做理疗的。为什么扭了腰呢?是因为囡囡。囡囡要吃棉花糖,姥爷就出去给她买,回来的时候在楼梯上遇见一个给人搬家的农民工,一个人往楼上扛着硕大的洗衣机。岳父就上去搭了把手,结果就扭了腰,棉花糖也掉地上了。岳母给年十一打电话的时候,他正准备跟柱子去酒吧买醉,童曼要结婚了,他心里那个难受,无法用言语来表达,只能喝酒。

如今想来,可能是囡囡在冥冥之中挽救了他在岳父心中的形象。如果那天岳父去了,他那失魂落魄的状态,让老人家怎么看?他是过来人,怎么会察觉不出他的异常?怎么看不出他是因为痛失爱人而伤心欲绝?

也许，一切都是天意吧。年十一在心里默默地回忆着那些过往。

"这世界真小啊！"年十一不由得感叹。

石天来忙接过话："就是，我老婆的朋友，居然是我爸爸朋友的女婿。要不是关欣出书的事，咱们也不可能认识。"

"对！对！"童曼和年十一都附和着。

"兰兰，你今天怎么会跟石经理约在一起吃饭呢？"年十一试探性地问。

"找石经理帮忙呀。"舒兰一边帮大家盛汤，一边说，"我前两天问财务室的李姐，有没有银行的熟人，有的话介绍我们认识一下，我有点事情要咨询，结果李姐告诉我，她经常去银行办业务，跟石经理认识好多年了。"

"是，你们出版社是我们行的大客户。李姐人特别好，总给我介绍需要贷款的客户，说了好几次请她吃饭，她都不赏脸，回头请舒老师帮忙约一约。"

"这没问题。"舒兰突然变得客气起来，"石经理，你给我老公详细讲一讲你们的贷款细则呗。"

"贷款？"年十一不知道舒兰在搞什么鬼。

"你回去创业不要钱啊？"

"啊……"年十一愣住了，没想到舒兰两个星期没理他，背后却默默地想着办法。

"是这样的，我是建议年总回他老家的银行办理，这样还能申请创业扶持，免息的那种。在南麓市那边，我有几个关系很好的同行,我让他们帮帮忙……"

石天来后来说了什么,年十一一句也没有听进去,脑子里嗡嗡地响着。

那顿饭吃得他又紧张又温暖。而童曼已经完全适应了石太太的角色,对于他们的见面不再感到有一丝的尴尬和难堪。

待到杯盘狼藉,石天来和童曼离开了,包间里只剩下年十一和舒兰。

年十一感动不已:"你这是同意我回去创业了吗?"

"我不同意……能帮你咨询贷款的事?"

还没等年十一开口,舒兰继续说道:"下午还约了开农家乐的朋友。"

"这八字还没一撇呢?不着急啊。"

"你又没开过农家乐,和人家取取经,看到时怎么经营,别到跟前了啥也不懂,又赔个底朝天。"

"哎呀,以前咋没发现你这么好呢?"

舒兰瞥了他一眼,笑着说道:"我下午还要上班,有个作者要来社里谈合作。你先回家,把你的想法大概整理整理,最起码脉络弄清晰,如果能有个文字性的方案就更好了。下午六点来接我,我们先去我朋友的农家乐里考察考察,听听她的想法和建议。"

"行,听你安排!"

舒兰匆忙地整理了一下妆容和头发,她又得回去上班了。

大街上人潮汹涌,吵吵嚷嚷的世界却让年十一一点儿也烦躁不起来。虽然天气阴沉着，但他心里却是阳光明媚。

舒兰走后，年十一赶紧打车回家，打开笔记本电脑，将自己的设想和金沙河的实况结合起来，做成了一份大致的策划方案。人一旦忙碌起来，时间就显得特别快，还没来得及喝口水，就快五点半了。年十一一边打印方案，一边换了身衣服，就开车出门了。

舒兰的朋友在离市中心三十多公里的傍山的村子开农家乐，已经有十年了。那时候，这里还是农村，没几个人知道这里。

在去的路上，舒兰将她朋友赵雅的故事大致讲了一遍，她们是大学同学，但赵雅大二的时候退学了，当时，没有人知道是为什么。过了五六年以后，舒兰在网上和她联系上，才知道她经历了怎样一场灾难。

赵雅原本有一个十分幸福的家，爸爸妈妈都是中学教师，一家人甜蜜温馨，身边的人都很羡慕。她上大二那年，爸妈出了车祸，双双离世。这对她的打击实在太大，她患上了抑郁症，在乡下的奶奶家里住了下来。也就是现在开农家乐的地方。

在奶奶的悉心照顾下，她的身体得以康复。后来，她就把奶奶的小院子精心打理了一番，开起了农家乐。当时，只有三间客房，饭也是她自己做，食材都是菜园子里现摘的。刚开始，这里根本就无人问津，后来，她在网上认识了一些做旅游推广的朋友，大家帮她出谋划策，积极宣传，才得以把这个小院维持下来，但依然没有营利可言，只够她们婆孙二人生活。她索性贷了一笔款，用自己的未来和青春赌了一把，把奶奶的小院改建成了一个古朴清雅的中式庭院，取名就叫"雅园"，刚好和她的名字相对应。

经过三年的努力，这里的顾客多了起来，每个周末客房都会早早地被订完，她做的私房菜也得到顾客的好评和青睐，有的甚至开车几十公里从市区赶来，就为了吃她的一顿饭，即使她在预订电话里已经告知了客人，今天的客房满了，客人还是会坚持来，吃过饭再开车回去。

去年，赵雅又进行了基础扩建、服务提升、菜品创新等各方面的投资。村里其他人也跟着发展了起来，配套设施也在逐步完善。这里终于从一个偏远的小山沟蜕变成了一个乡村旅游景点，这几年网络的传播力量越来越大，这里便成了周末休闲的网红打卡地。

赵雅虽然是老板娘，手下有八九个服务员，但仍然习惯凡事亲力亲为，很多顾客都是冲着她的私房菜手艺而来的。

一进村子，年十一就激动起来，直呼这里简直就是个世外桃源，也太"人间仙境"了吧。他说，如果可以的话，我也要把金沙河打造成这个样子。舒兰瞥了他一眼，说："你就不能有点创新，只知道模仿不知道超越？"

年十一说："那我当然想啊，但一口吃不成大胖子，咱们还是得一步一步来。"

舒兰的语调突然柔软起来，说："那天我不该发那么大脾气,我当时真的是气蒙了,你居然要抛弃我跟囡囡!"

"我没有呀,我怎么会抛弃你们呢?过去的事就让它过去吧。"

"嗯,后来我也慢慢想通了,把这事跟我爸妈说了,我爸说让我们先考察考察,多看看别人是怎么做的,把前期的准备、调研工作做充分,他再决定投资不投资……"

"什么?爸要投资?"年十一重重地踩了一下刹车,车子一个急停,接着又缓缓前行,好在后面没有车。

"他还说要去你们那里实地考察,之前虽然去过两次,但他早没什么印象了。"

"这事不该跟爸妈说,一点儿眉目都没有,万一弄不成,他们该笑话我了。"

"你这个人,总这么自以为是!"舒兰知道年十一的个性,他是怕自己欠岳父岳母的越来越多,这份恩情让他有压力。

"上次借的钱,还没还呢……"

"你还得清吗你?他们把他们最值钱最珍贵的都给你了!"

年十一嘿嘿一笑,心里乐开了花。他伸手抓起舒兰的手,在手背上亲了一口。

"好好开车!"

太阳的余晖渐渐褪去,沿着这条弯弯曲曲的公路,两边都是农户和庄稼,远处是高大而雄伟的山,在暮色中显得那么庄严、肃穆,又那么宁静、优雅。

自从去了"雅园",年十一的兴奋劲儿就没缓过来,每天都在通过各种渠道了解果园的开发，了解农家乐的创办，了解各种手续如何办理，忙得不亦乐乎。

这天下午，柱子突然打电话给他，叫他下楼，说有事要跟他说。电话那边，柱子的声音很急切。当年十一匆匆赶下楼，柱子正坐在车里抽烟，曾经那张英俊帅气的脸苍老了许多。

他说："十一，你现在就跟我走。"

年十一问他："去哪儿？我忙着呢。"

柱子把烟头掐灭了，关上窗户，启动了车。

他说："华山。"

"我去，这天都要黑了，去华山干吗？"年十一有点不想去，他满脑子都是回乡创业的各种想法。

柱子说："你又不是第一次晚上去登山，怕什么啊。"

年十一说："那至少我得换双鞋子吧。"

柱子说："不用了，后备厢里备好了，你到了自己选，你就只管跟我走就是了。"

年十一问："你问于格了没？他之前也说过想去。"

柱子说："唉，别提了，他现在哪儿都不去，成天守着那个女人。对了，于格说他婚礼的时候要找一辆豪车当婚车，你能找到不？"

年十一说："我上哪儿找去，不行了找租车公司呗。"

柱子说："租车公司多贵呀，他现在只想省钱给张丽莎的女儿治病，什么人呀，重色轻友，把这种任务交给我！还有，丁安娜前不久也结婚了，简直太便宜那孙猴子了，长成那样还能娶丁安娜那么漂亮的女人，你说这是什么世道啊！你去参加婚礼了吗？"

年十一说："你要是不说，我都不知道这事。"

柱子一声叹息，说："其实感情这个事啊，和容貌、金钱、地位，甚至年龄，都没有关系，在真正的爱情面前，这些东西都不值一提。还是尊重于格的选择吧！"

年十一问柱子："以后你打算怎么办？"

柱子倒是坦然，经历过这次与病魔的生死搏斗之后，活得更加通透了。他说："什么以后不以后的，我先过好今天，何必去想明天的事呢，万一明天一早我醒不来了，却还要浪费今天的时间去想没有发生的事，岂不是多余？"

年十一"嘿嘿"一笑："你倒是活明白了。"

柱子说："要不然怎么办，想想以前，我追求这样，追求那样，没日没夜地加班、工作，总想着有了钱生活就能好起来，有了钱就能呼风唤雨，就能想去哪儿去哪儿，其实我错了，能够让我们觉得幸福的，不是无止境地追求物质，而是懂得知足。上初中的时候，我最大的梦想就是摆脱姓朱的魔掌，后来姓朱的死了，上大学的时候，我最大的梦想是考研，工作以后最大的梦想是有钱，是可以享受挥金如土的那种痛快，后来，好像也不怎么缺钱了，但就是快乐不起来。"

年十一听着柱子的话，心里也不是滋味，自己何尝不是如此过来的呢，那些曾经的梦想也不知道是什么时候破灭的，要说自己是个失败的人，似乎也没有，比起当初一无所有来到西安，现在所拥有的一切又是那么荣耀和体面，但内心的快乐却越来越少。

柱子接着说："我准备去一趟西藏，你有兴趣吗？"

年十一现在满脑子的创业梦想，根本没有出去玩的兴致，说："不去，忙得龟孙子似的，哪有时间去旅游。"

柱子说："那今天先去华山，后面的事后面再说吧。"

就这样，他们一边闲聊一边开车，天黑时分，他们就到了华山脚下。柱子果然给年十一准备好了一套登山的装备。

年十一算了算，大概登了五六次华山了吧，除了第一次和朋友去玩，后面每一次都是陪客户去的，鞍前马后地取悦别人，一点儿也没有体会到将一座山征服的乐趣。

童曼之前提出过很多次，要跟他一起登华山，可是结果总是因为这样那样的事情最终没有来成。他换好了登山服，手里拄着登山杖，让柱子给他拍张照片，他要发给舒兰。出门时走得急，没有来得及跟舒兰说。途中，舒兰打来电话，让年十一找一下床头柜里她的银行卡，把卡号发给她，她急着用。年十一说他和柱子正在去华山的路上呢。舒兰有点失落，声音低沉地说，那好吧，你们注意安全。

年十一把照片发过去，马上就接到了舒兰的电话。她撒娇道：你们太不够意思了，登华山也不事先告诉我，我还是小时候去过一次呢，这么多年没去过，你都不带我去。

年十一嘿嘿一笑，说："下次，下次一定带你来，专程带你来。"

舒兰在电话里关切一番，甜蜜地说了好一会儿话才挂断电话。

柱子听着年十一打电话，忍不住偷笑。他调侃道："你现在可以啊，越来越会哄女人了。"

"羡慕了吧！"

"习惯了，没啥感觉。"

趁着夜色，两人开始往上走。

他对柱子说："我这次是真的想好了，这辈子再也不要想其他女人了，这么多年，我欠舒兰的太多了。"

柱子说："女人吧，其实挺可怕的，看着花儿朵儿似的面孔，但其实是一只蛀虫，一点一点把你的心吃掉，而且，你还心甘情愿让她吃。"

年十一说："错过了童曼，是我这辈子唯一遗憾的事情，我得想办法走出来，放过她，也放过自己，把那份心思用在舒兰身上。"

柱子说："你早就应该这样了，我和于格说了你多少次你都不听，其实舒兰人不错，有时候性子是急了点，不也都是你逼的吗？刚认识你的时候，人家多温柔可爱啊，可是你都跟人家结婚了，还和童曼藕断丝连，真是不像话！十一，你说，现在人的感情里，到底还有没有绝对的忠诚？"

"忠诚？"年十一冷笑一声，反问道，"你告诉我什么是忠诚？对谁的忠诚？枕边人还是心上人？就拿我们以前公司里的小杨来说吧。"

"那个矮胖矮胖的业务员?"柱子打断了年十一。

"对,就是他。你别看他长那样,人家还同时谈三四个女朋友呢,结婚以后也不消停,老婆怀孕期间,他经常去洗浴中心找,还在网上跟那些美女撩骚,他老婆心想,他长得那样,连房子也没有,每个月工资就四千块,肚子里能有几根花花肠子啊,所以一直也没有怀疑过他。"

柱子又问:"那他现在怎么样了?"

年十一说:"还能怎么样,我们公司倒闭前,人家早就找好下家了,去了一个大公司上班,继续在花花世界里纸醉金迷呗。所以啊,男人要是渣起来,跟长相、收入、地位一毛钱关系都没有,那种渣是骨子里的渣。"

"唉,也真是奇怪了,就那样的人,怎么还有女人愿意跟他呢?图什么啊?以前总说女人现实,其实男人更现实!"

年十一说:"那些什么也不图的女人,反而不被男人珍惜,想一想,男人真的是够混蛋!"

"你不要这么骂自己嘛!"柱子笑道。

"别闹!我这就是感慨一下。"年十一说,"可能到了我们这年纪,还在感情的世界里纠缠,是件非常可笑的事情。上有老下有小,车贷、房贷、信用卡都够我们受的了,怎么还有空闲去想那些不切实际的东西呢?我常常回忆起当年刚和童曼认识的时候,我们都又穷又傻,一天什么也不想,就想黏在一起,那时候南麓市没有到西安的高铁,她也还没有辞职,我还在广告公司当业务员,我周末只有一天能休息,但

第八章 残梦 / 223

我们依然每周都要见一面。四个小时的大巴车，早上八点出发，见到她刚好十二点，我们只能在一起待六个小时，坐下午的末班车再回到西安，到了西安我还得坐一个小时地铁才能到家，等我躺在床上都十二点了，就那她还在等我的电话，我们还要抱着电话说上一两个小时。柱子，你说那时候我们多傻啊！"

"那也比我强，这辈子除了白玲，我再没碰过别人，虽然我平时总咋咋呼呼，看起来身边美女如云，但其实我内心里是很紧张的，我害怕陌生人走进我的生活，走进我的内心，甚至害怕别人触碰到我的身体，我不知道自己为什么会这样，我一直在努力地克制，却怎么也克制不了内心的恐惧。知道我为什么那么沉迷酒吧吗？"

年十一问："不就是为了掩饰自己内心的紧张吗？"

"我想让那种虚幻的热闹把我的恐惧和紧张隐藏起来……"

两人沿着台阶继续往上走。为了能够坐在山顶看日出，晚上登华山的人真多，成群结队的男女老少都在弓着身子往上爬。

柱子有那么一会儿觉得身体特别疲惫，不想继续往上走了，年十一就劝他："不要逞强，你大病刚好，不能太剧烈运动，不行了咱就下去。"

可是柱子缓一会儿又继续给自己打气鼓劲儿，他对年十一说："这个世界上，没有什么事是一开始就容易的，要想看到美景，就得先历经波折，要想成功，就得经历苦难。"

年十一嘲笑道："你少一套一套的，你要是累倒在华山道上，搞不好还成了一段励志的佳话，我跟着你可就倒霉了。"

说完，他们又跟在人群中继续往上走。

次日凌晨六点，柱子和年十一被一群人的嘈杂声叫醒。他们登上北峰时才三点多，两人就裹着棉衣靠在一起睡着了。直听那些人喊着，日出了日出了，马上看日出了……

年十一先醒过来，他拍了拍柱子的后背："嗨，快起来，把相机摆好！"

柱子乍然间从梦中醒来，一个激灵翻身坐起。他感到头有点晕，伴着胀痛。晨雾中，年十一并没有发现他的不适，又催了一遍，快把相机摆好。

柱子强撑着疲惫而沉重的身子，站起来从包里把相机和三脚架拿出来，对准天边那一抹淡红色的云。站在铁索前的悬崖边大概有近百人，都在自己觉得最美的角度，或拍照，或写生，或静坐，或等待。

站在年十一身后的是一个穿着一身黑色登山服的中年大哥，他戴着厚厚的毛线帽子、黑色的口罩，把自己捂得严严实实。他与别人不同，没有拿相机和手机，而是眼睛眨也不眨一下地看着远方的天空。这时，天空的云由灰白变成了绛紫，还带着金光。

说也奇怪，那位大哥一动不动地站在那里，眼睛里噙满了泪水。他走到边缘，两只手紧紧地握着铁链，仿佛在用全身的劲儿去捏那又冷又冰的铁链。

有人喊了一声:"喂,快过来,那里危险。"

年十一循着声音望过去,是个二十出头的小伙子在叫那个中年男人。那人仍一动不动,双脚就站在悬崖边上,大家都看得惊心动魄,更多的人目光聚焦到了他的身上。

柱子也激动而紧张起来:"大哥,别过去,那里危险。"

此时,一个热心的中年女人走过去,拽住他的胳膊,硬生生地把他拉到了宽敞的地方来。

那位大哥终于说话了,但人们看不清他那张戴着口罩的脸,只看到他的眼泪如潮涌般从长满皱纹的眼角里奔腾而出。周围热心的人纷纷问询他为何这般痛哭流泪,到底发生什么事了。那人摇着头,哽咽着不说话,坐在地上用双手抱着自己的头。

这时,旭日正鼓着劲儿穿过云层,天边一片红色的光芒,慢慢晕染开来。接着,变成了金色,悠闲地浮动,上升……

山顶的人们都在这美景中唏嘘感叹太美了,拍照的拍照,写生的写生,观赏的观赏。大家很快就从那位大哥的悲伤中抽离出来,只有柱子还在他身边,无心看日出。

年十一叫柱子:"快点过来拍啊。"

柱子说:"你自己拍吧。"

年十一生气地说:"你让我把这破玩意儿背了这么远,你又不拍了?"

柱子不理年十一,顺势坐在了那位大哥的身边。那位大哥依然将自己陷入哀痛欲绝中。柱子小心翼翼地拍拍他的肩膀:"大哥,有什么事跟我说说,或许说出来会好一点。"

大哥好不容易才把头抬起来,看了柱子一眼,嘴里挤出两个词:"人生,太难……"

柱子也跟着唉声叹气道:"人生,的确难。不过,大哥,再难你也得好好活下去啊。"

"你以为我是要从这里跳下去吗?不不不,怎么会呢。我只是想试试站在悬崖边的感觉如何,我不能离开这个世界,我老婆还在辛辛苦苦地攒钱给我看病呢,我死了,她怎么活下去?"

"大哥,你得什么病了?"

"尿毒症,快十年了,每周三次透析,倾家荡产啊……"说着,他又痛苦地看着天边的日出。

"这么严重的病,你怎么上来的?"

"坐缆车呀,难道我还能走上来吗?早没体力了……"

柱子不由得眼眶里也噙满了泪水,除了同情之外,他似乎感到了一些关于生命的体验。对于死里逃生的他来说,是多么幸运。他望着天边的日出,太阳已经全部爬上了山头。它傲慢而肆意地散发着光芒,不断地自我膨胀,把整个苍穹都照得明亮而雪白。

那人又说:"我难过,不是因为我怕死,而是我不想再继续治疗了,我老婆真是太辛苦了,可是又不敢说放弃治疗这种话,那样更伤她的心……"

"大哥,想开点,生老病死谁都避免不了,只要活一天,就要把这一天过好。"柱子说。

"光过好自己,也太自私了。"

年十一拍了一会儿照,觉得拍照这事其实也索然无味,他只顾着关注镜头里的画面,却错过了真正的日出。他感到有点遗憾,对柱子说:"你背这破玩意儿干什么,浪费时间。"

"我是想着把一些美好的东西留下来,留作回忆。"柱子走过来收拾了相机,装进包里。

年十一席地而坐,望着远方渐渐明朗的天空,绯红的日出,优雅的云朵,他想起唐仁山老师曾经跟他说过的话,有时候,人会被这山川河流所感动。这世间那么多美好的东西,平日里总是忙碌,总是追赶,总是错过。生活中亦是如此,拥有的东西不曾珍惜,失去以后,才知后悔。

时间眨眼就到了上午十点,游客越来越多,也越来越喧闹,有为美景而惊喜感叹的,有为疲惫而哀声抱怨的,也有个别兴奋的游客站在山顶对着天空呐喊。

年十一和柱子在山上一人吃了一桶泡面,继续向东峰行进。柱子说身体不舒服,想歇会儿。他们走一会儿,歇一会儿,悠悠闲闲地说着话。年十一看到柱子的头上、脸上开始大颗大颗地冒汗珠,他突然有不好的预感,当日柱子参加同学聚会的时候,也是这样一头一脸的汗,然后他就倒在了桌子下面。

突然,柱子说:"十一,我想喝酒。"

"疯了吧你,这会儿喝什么酒?"

柱子的眼神开始涣散,精神状态越来越差。

"十一,你不知道我心里有多苦……"说着说着,柱子的眼眶就红了。

"你到底怎么了?"年十一急得几乎要发疯。

柱子在一个宽敞处的石头上坐下来,年十一坐在他对面。柱子说:"医生说,我的胃虽然切了一半,但癌细胞还是会扩散。十一,我太害怕了,我不知道这一分钟活着,下一分钟会不会就死了。十一,我该怎么办啊?"

年十一眼前一阵漆黑,仿佛一团挥之不去的乌云,厚重地压在他的头上。他没有想到,柱子的命运会是这样,他紧紧地抱住了痛哭不止的柱子。

柱子说:"我真想从这山顶跳下去……"

"你说什么傻话呢!"年十一的心里凉了个透。

"我怕死,可是我更怕死亡一步一步逼近我,而我却不知道什么时候会死,就像走在危险的悬崖边,你不知道哪一脚踩下去就摔到了地狱里……"

"别想那些了,咱们治疗还不行吗?"

"没用的,没用的……"柱子说着说着就说不出话来了。

年十一说:"咱们现在就下山,去医院,我们去全国最好的医院,实在不行,咱去国外!"

"兄弟,我知道你的好意,但真的没用的,没用的……"柱子抹了一把眼泪,"其实我本来也挺平静的,那会儿在北峰见那位大哥伤心痛苦的样子,我就忍不住了,我真的没有想到这个世界上还有这么多人跟我一样,在经历着随时随地都会死去的绝望……如果我死了,我妈怎么办,我妹妹怎么办?……十一,我……"

"别说了,柱子……"

年十一和柱子的华山之行,在他们的哀伤和绝望中结束了。夕阳西下,他们坐缆车下山,一路相对无语,心情无比沉重。

从华山景区出来,柱子的神色明显有了好转。年十一问他:"这会儿还疼得厉害吗?"柱子摇摇头说没事,说在车里躺会儿就没事了。年十一本想在附近找个酒店住一晚再回,但看着柱子这么难受,还是决定赶快回西安,赶快去医院。

柱子又住进了医院。

柱子的生活再也没有了阳光和希望,他的世界彻底崩塌了。

年十一把自己所有能拿出来的钱都拿出来给柱子了,剩下的他也无能为力。黄于格养猪场的生意不错,但手头上没有流动的资金,猪场的每一笔进账都用来还银行的贷款了,日子也过得捉襟见肘,拆了东墙补西墙。

舒兰是个通情达理的人。谁都知道,柱子的病是好不了的,这些钱砸进去就等于石沉大海,连个波浪也翻不起来。她却不仅没有责怪年十一执意要帮助柱子,反而又跟娘家借了三万块钱给年十一,她忧伤的脸上写满了无力。她说:"十一,你快给李研送去吧……"

顿时,一股热流在年十一的胸腔里回荡、翻涌,他却什么话也说不出来。

当年十一赶到医院的时候,是下午四点多。护士说李研已经出院了。他问什么时候,护士说上午出院的。年十一赶紧打电话给柱子,对方关机了。他又赶紧打给黄于格,黄于格正在开车拉一批出栏的猪。他的猪场在村子里,信号不好,每次打电话要么是无法接通,要么是说话断断续续的。黄于格说柱子没给他打过电话,他现在也凑不出钱给柱子,感觉对不起柱子……说着说着,电话就断线了,再打过去已经是暂时无法接通。

直到第二天中午,柱子才主动打来电话,说他已经回老家了,他不想再看病了,他想把最后的生命留给母亲,留给生他养他的地方。他说,这都是命,人从哪里来,就要到哪里去,我曾经不愿意认命,现在是不得不认命。我们谁都拗不过命运,认了吧。

第九章　重　生

转眼即是盛夏。

闷热的城市像一个蒸锅，那锅盖就是头顶的天空。

年十一怎么也想不到，穗子会这么快就决定结婚。

如果不是四舅打电话说他要来西安，要来见年十一，他是无论如何也不会相信穗子会嫁给一个比她大二十一岁的男人。毕竟，穗子才刚刚满十九岁，还不到法定结婚年龄。这花样的年纪，怎么就做了这个选择呢？

母亲在电话里一味地责怪年十一，她质问年十一："你给穗子找的那个工作到底是干啥？"

年十一说："就是家政公司啊。"

母亲问："那是干啥的？"

年十一回答："就是当保姆啊，打扫卫生、做饭之类的活。"

母亲就哀叹："唉，那么好的姑娘，就这么毁了。"

年十一也感到愕然，很想不顾一切地把穗子送回老家，从此断了她的念头，可四舅却有一种攀上高枝的得意和满足。至少，那个男人是个文化人，大老板，有房有车，虽说结过一次婚,但无儿无女,没什么牵绊,穗子跟着他,能吃碗清闲饭。

年十一真想一拳砸翻面前的桌子,但他最终没能下得去手,毕竟这是在穗子的新房里。

年十一问四舅:"你心里真是这么想的?不后悔吗?"

四舅说:"我后悔啥,我都是土埋半截身子的人了,只要穗子过得好,我有啥意见。"

年十一指着墙上那个男人和穗子的婚纱照:"他可比穗子大二十一岁呢。再说穗子还不到法定结婚年龄吧?"

四舅说:"按身份证上年龄够了,当时登记时弄错了,大了一岁。"

这时,站在一旁的穗子说话了:"哥,大二十一岁咋了?你们男人不就喜欢年龄小的吗?再说了,我们两情相悦,心甘情愿,有啥不行的?你咋就这么迂腐呢?"穗子从前不会说普通话,现在也学着说了,还说得像模像样。就是平舌音和翘舌音分不大清楚,其他的吐字都没什么问题。

"我是为你好!"年十一气愤地站起来。

"老邱是单身,我也是单身,我们为啥不能结婚?他喜欢我,我也喜欢他,我们是为了爱情而在一起的,有什么错?"穗子一脸坚定,微怒的眼神里满是对新生活的向往。

四舅说:"十一,你坐下,别激动。"

年十一坐下,点了一支烟。

穗子急忙抢过他手上的烟,劝道:"别在家里抽烟,老邱不喜欢屋里有烟味儿。"

年十一怔怔地看着穗子那张长得无可挑剔的脸,又白皙又水嫩,灵光闪闪的大眼睛上面是忽闪忽闪的又黑又长的睫毛。他想不明白,这样好的姑娘,为什么会爱上一个跟自己年龄悬殊那么大的男人呢?

"穗子,我主要怕你被骗。"

"被骗我也愿意。"

这时,四舅说:"十一,我得谢谢你。当初要不是你把穗子带到西安,我哪能给穗子这么好的生活。我这次来,把穗子的户口本也带来了,邱世宏说要把穗子的户口也迁到西安来,咱穗子以后就是西安人了。"四舅说着说着,眼里就有了泪,他眨巴眨巴着皱皱巴巴的眼皮,很快,那眼泪就顺着沟沟壑壑散开了,"年纪是有点大,但穗子喜欢就行了,他不嫌弃穗子是乡下来的,说明还瞧得起咱们家……"

既然四舅这么说了,年十一也无话可说。走时,穗子送他到楼下,穗子突然叫住他:"哥,我知道,在你心里我是自甘堕落,嫁给这么个老男人。其实吧,我心里倒是挺幸福的,老邱是个知识分子,为人淳朴,心地善良,是个正正经经的生意人。他这一生,经历的都太苦了,年轻的时候结过一次婚,但结婚不久,老婆就死了。之后,他一直没有再娶,把所有精力和时间都用在了工作上,如今,他也算是功成名就。我从小到大,生活是啥样的你也知道,我妈死得早,爸又是那样一个人,我能靠他啥?所以,哥,你别瞧不起我,我心里很清楚我自己要的是啥，我和他是真心相爱的，他丰富的学识和人生经历，足够我品味一辈子……"

年十一拍拍穗子的肩膀，他心里也释怀了许多，既然穗子觉得自己是幸福的，别人说什么其实一点儿也不重要，就无奈地说道："穗子，哥理解你，你照顾好自己！"

穗子说："哥，其实我挺开心的，这个世界上终于有一个人懂我、爱我、疼我了，像父亲一样地宠着我、惯着我……"

"好了，哥不说你了，哥懂你了……"

穗子的情绪很复杂，说着说着嘤嘤抽泣起来，有对过去的痛恨和悲伤，有对未来的向往和幻想，也有对爱情的痴迷和执着。她说："你们都有选择自己人生的权利，而我没有，我是被命运推着走的。"

这时，穗子的手机响了。年十一看到握在她手上的是新款的苹果手机。他顿时可以理解这个在穷苦中生活了十九年的姑娘为什么会有现在这个选择了。

穗子一脸欢喜，对着电话说："好的好的，反正是你出钱，你定就行了。"说罢，抿着嘴掩面一笑，满脸掩饰不住的幸福和甜蜜。

挂了电话，穗子对年十一说："老邱说，让你留下来晚上一起吃饭，在香格里酒店。"

"谢谢，我不去了，我得回去陪囡囡。"

迎面的热风干燥而粗糙，刮得人脸上生疼。穗子点点头："那好吧，过几天婚礼的时候，你跟嫂子带囡囡早点来玩。"

第九章 重生

回去的路上，年十一的心情慢慢地平静下来。他想，或许这也是命，老天给你了这样，就会拿走你那样。穗子从小没有得到过父母的疼爱，所以上天才把邱世宏带到她身边。又或许，邱世宏前半生悲凉孤独，上天才让穗子来弥补他缺憾的人生。这没什么说不过去的。正如，童曼、舒兰和他，这两个女人身上总是有了这样，就没有那样，上天不可能让他同时拥有一切他想要的东西，人生一定是有缺憾的，不可能圆满。

　　这也是命运。他独自感叹着。

　　年十一已经快半年没有再想起童曼了。这几个月来，他一直在忙着回乡创业的各种准备，老家那边，土地流转、桃园的承包、农家乐的基础建设审批等等各项手续已经全部办妥。下一步就是动工改造桃园以及农家乐的修建，设计图已经改了十多稿，他都觉得不太满意，还在继续考察和思索中。

　　在这半年里，童曼也没有主动联系过他。她的微信朋友圈也没有任何更新。倒是石天来给他打过几次电话，说帮他把贷款的事情联系好了，拿着身份证就能去办理，还帮他介绍了几个开农家乐的老板，方便他咨询相关的事。

　　这天清晨，年十一突然从梦中惊醒过来。他做了个噩梦，梦见童曼在花丛中翩翩起舞，花丛后面是一个湖，浑浊的湖水上，漂着杂乱而干枯的水草，童曼跳着跳着，离那湖就越来越近，越来越近，然后，一个旋转，她就掉进了那池浑水中……

年十一惊醒过来，发现自己满头大汗。他打开小台灯，拿起手机看了一眼时间，才凌晨三点多。他突然感到憋得慌，许是昨晚喝多了啤酒的缘故，便起身去了洗手间。

从洗手间出来的时候，他听到主卧室里舒兰咳嗽的声音。他推开门，泛黄的小夜灯把屋子里渲染得温暖而柔和，舒兰半闭着眼睛靠在床头上，囡囡在她的怀里睡着。这几天囡囡感冒了，又开始闹腾，晚上舒兰得通宵抱着睡。舒兰还在下意识地不断拍着女儿的肩膀，疲惫和劳累写满她憔悴不堪的脸。他走过去，把被子给她们掖了掖，然后从房间里退了出来。他突然有一种说不出来的滋味，嘴巴里苦得像含了黄连，全身冰凉颤抖。这夏天的夜晚不该如此，但他却在不停地打着寒战。

他继续躺在床上翻看手机，刷朋友圈，希望能看到关于童曼的消息。然而，童曼的朋友圈里什么也没有，页面上只有一条细细的线。他又打开QQ，打开微博，打开抖音，希望能找到一丝童曼的痕迹。

这时，他听见卧室里传来了舒兰急剧的咳嗽声和囡囡的哭闹声。他抬头看了一眼客厅正中的大时钟——早上六点整。

舒兰大声地叫着："十一，不好了，囡囡的身上长了这么多疹子……"

年十一走过去一看，果然，囡囡全身都是鲜红的疹子，亮晶晶的小水泡。

"怎么回事？"

"我也不知道啊,昨晚还好好的,就这会儿才发现。"舒兰急得团团转,披头散发,不知所措,眼泪大滴大滴往下落。

年十一说:"走,赶紧去医院。我去开车,你带孩子下来。"舒兰快速换了衣服,趿拉着一双凉拖鞋就出门了,她没有洗脸梳头,披散的头发肆意地纠缠在她的脑袋周围。

到了儿童医院,医生一看,是过敏。舒兰这才想起来,昨晚,她给囡囡蒸鸡蛋的时候,放了一点虾仁。这是囡囡第一次接触虾,没想到居然过敏了。

医生安慰他们说,没事的,过敏对于每个人来说都是可能发生的,输两天液体,吃点药就会好的。

当囡囡住进医院,他办好一切手续,已经是下午三点四十分。囡囡的头上扎着针,输着液,她已经不哭不闹,依偎在妈妈的怀里睡着了。

看着女儿那张通红的长满疹子的脸,年十一心疼极了,他多么希望自己拥有一种魔法,把女儿的病痛转移到自己的身上。

舒兰不吃不喝心疼地望着女儿,眼睛都不眨一下。年十一买来小米粥给她吃,她连看都不看一眼,焦急的脸上不时渗出汗珠。

年十一第一次感觉到妻子的心原来是那么煎熬和痛苦,为了女儿她可以全心全意地付出,哪怕是付出生命的代价,她都会在所不辞。而他,为这个家,为妻子和女儿,做得还是太少了。

在病房里实在待得人快疯了，舒兰也看出了他的难熬，让他出去转转。他来到医院外面的一条小巷子里，站在垃圾桶前抽烟。也只有在抽烟的时候，他才能让自己痛苦的情绪得到一丝丝缓解。大街上来来往往的人流，每一张面孔都显得那么疲惫不堪，生活的重担沉沉地压在他们的肩上，透过躯体可以看到他们孤独的灵魂，在黑暗与光明之间挣扎。

头顶的天空，是灰蒙蒙的蓝，蓝天下是密密麻麻的高楼大厦，竹笋一样地插入云霄，阳光悠闲地洒落下来，满地金子一般的光芒。

但他的身体依然觉得冰冷，寒气侵体。一阵凉风穿过胸腔，好似一把锋利的剑。

黄于格和张丽莎的婚礼定在农历八月十六。当他打电话给年十一和柱子的时候，柱子正在医院里刚刚做完化疗。而年十一正开车带囡囡出院回家。

囡囡的过敏症一直持续了五天才彻底康复，医生说孩子免疫力差，容易过敏，以后吃东西可得注意点。囡囡又恢复了往日的欢声笑语，抱着爸爸又是亲又是笑，他也乐得享受这种珍贵的亲子时刻。

年十一在电话里听到黄于格激动地说："兄弟，我跟丽莎终于要结婚了。结婚证早就领了，本来五一就要办婚礼的，结果孩子治疗没结束，抽不出时间，硬是拖到了现在。"

他由衷地为黄于格感到高兴，他说："恭喜你，终于如愿以偿抱得美人归了。我这边也万事俱备，过几天就要回去动工了。"

黄于格说:"办完婚礼,我准备带她们母女俩去三亚玩几天,孩子现在恢复得不错,基本上快正常了,她想去看海。"

年十一不太懂张丽莎的女儿得的那个病到底是怎么回事,但他依然为黄于格感到担心,怕那个女人跟他结婚只是为了花他的钱给孩子治病,也怕终有一天他的付出是竹篮打水一场空,但这些话他也只是想一想,哪能对黄于格说呢。

年十一问他:"柱子咋样?你去看看他没有。"

一说到柱子,他们的心情都沉重起来,那种一落千丈的沉重感,让彼此忍不住唏嘘叹息。

年十一说:"柱子这病,让我明白了一个道理。"

黄于格问:"什么?"

年十一说:"有时候我们苦心追求的,到最后未必会得善终。"

黄于格沉默片刻,叹息着说:"也许这就是人生吧。十一,别太难过了,终有一天,我们到了那个世界,还能聚在一起。"

黄于格的话,让年十一更加伤感和悲痛。挂了电话,年十一的心情一直很沉重。

舒兰问道:"你打算什么时候动工?妈找人给看了皇历,说下周三是黄道吉日。"

"要不然你跟我一起回去吧,我一个人有些事顾不过来。"

舒兰说:"囡囡下学期该上幼儿园了,咱们要是回到金沙河去，孩子上学怎么办？乡下的教育质量怎么能跟西安的比呢？"

年十一也头疼这个问题，他当然想给女儿最好的一切，但如果自己不回乡创业，日子又实在过不下去。

舒兰接着说："你先回去，实在忙不过来，我再回去帮忙。囡囡离不开我呀。"

也只能这样了。年十一叹息着，心里一阵酸楚，从此跟妻子要开始分居两地的生活了，以前他盼望这种生活，自己可以自由自在，但当这种生活真正要到来的时候，他却已经换成了另外一种心态。

舒兰说："要不是我最近要去内蒙古出差，我就跟你一起回去，我好久没见咱爸咱妈了。"

年十一感动于妻子的孝顺，虽然她不能经常回去，却经常为父母亲买一些吃穿用的寄回去，她的心在那里。

年十一说："你先忙你的，照顾囡囡还要上班，辛苦了。我回去看情况，有空了就回来看你们。"

囡囡又扑进年十一的怀里，捧着爸爸的脸，左边亲一下，右边亲一下，紧紧地搂着爸爸的脖子，嘴里开心咿咿呀呀地叫嚷着。

年十一亲了亲女儿，看着她一天天长大，一天天懂事，有更多的花样逗大人开心，他真的觉得生命是个很神奇的东西，它是那么强大，但又是那么脆弱。

第二天，年十一就独自开车回家了。一路上，阳光明媚。

一列火车在高速公路的对面飞驰而过，钻进了隧道里。年十一想起高考的那段时光，他本想冲刺到北京或者上海去上学，可是高三那年学习压力太大，几度使他的精神崩溃，越是这样，成绩就越是下滑，由年级前三十滑到了一百多名。再后来，临近高考的最后几场模拟考试中，他居然都在二百多名徘徊。老师们都说这娃真是可惜了。

果然，年十一没有考到北京去，最终他选择了一所西安的大学。记得当时也是这样的傍晚，上火车之前，天边有一团红云在游移，等他穿过人群急匆匆地挤上火车的时候，那红云已经被灰蒙蒙的暮色抹去，残留的几缕余晖正在渐渐隐去。那时候他心潮澎湃，虽然没有实现更大的愿望，但从农村到省会城市，已经超越了身边的不少同龄人，他觉得自己的人生一定可以熠熠生辉。

此刻，他驱车飞驰在高速公路上，穿过一条又一条隧道，他看到的天空是碎片化的，忽明忽暗的世界里，斑驳的夜色笼罩着窗外孤独的群山。

柱子在南麓市中心医院的病床上躺了快一个月了，他唯一的渴望就是能够去一个空气清新、有山有水的地方待上半天。他给年十一打电话，希望年十一能陪他。

而这时的年十一，正在工地上跟包工头表叔商量着买什么颜色的瓦。表叔说中式庭院是以古朴的颜色为好，但太暗了，看着就会比较压抑。年十一赞同表叔的观点，也很信任他的技术和审美，便让他看着操办。

电话里，柱子的声音懒洋洋的，说："十一，你得空了带我出去转一圈吧，我在医院都要憋疯了。"

他对柱子说："你坚强一点，等过两天我去找你，我今天实在走不开。"

柱子不好再说什么，他知道年十一正忙着开始奔向新的生活，而他，却即将与这个世界告别。

挂了电话，柱子就下楼转悠，病房里的污浊空气已经快要让他窒息，母亲非要跟着，柱子不让，生气地冲母亲发了通脾气才一个人走了。

医院大厅里，柱子遇到了童曼和石天来。在这之前，他已经七年没有见过童曼了，当年她和年十一刚刚在一起的时候，年十一经常带着她跟柱子和黄于格一起吃饭，大家算得上是共同的好朋友。后来年十一结婚了，童曼就没有跟他见面的机会了。对于石天来，他没见过，但想也不用想，他应该就是童曼的老公。石天来搀扶着童曼，童曼的动作小心翼翼地。

"李研！"

"哎？童曼！好久不见啊！"

"你这是咋了？"她见他穿着病号服，看样子自然是在这里住院的了。

"小毛病，住几天院就好了。"柱子憔悴瘦弱的样子，让人一眼就能看出病得不轻，但他不愿意逢人就讲自己将不久于人世。甚至，除了年十一和黄于格，他根本就不愿意跟任何人联系，他只想让自己静静地离开这个世界。

"你呢？"

"产检。"童曼下意识地摸了摸自己的肚子，虽然并没有显怀，她却依然一脸满足和幸福。

"你不是在西安吗？"

"最近休假，回来看爸妈，我表姐在这家医院妇产科，今天刚好闲着就过来看看。"

自始至终，石天来都是面露着微笑，彬彬有礼地看着柱子跟童曼说话，只在刚见面的时候说了声："您好！"

"好，那你忙去吧，我也得回病房了。"柱子说不出心里的感受，就是隐隐有些不舒服。当初，童曼和十一是多么相爱，如今，她却成了别人的妻子，还怀了别人的孩子，而且她看上去是那么幸福，那么满足，她的心里肯定早就把年十一抛到九霄云外了。他为自己的好兄弟感到不值，却也叹息岁月不饶人，终究还是在她的脸上留下了一些痕迹。

"再见！"

"再见！"

童曼走后，柱子还是忍不住又给年十一打了个电话。年十一这边工地上的机器声轰隆隆地响着，根本没法静下心来陪他说话。

"怎么了柱子，我这边正忙！"

"十一，你猜我刚才看到谁了？"

"谁啊？我这边忙得一锅粥。"年十一有点不耐烦地说。

柱子说:"童曼。"

年十一的心头还是忍不住震惊了一下,但很快,他又恢复了平静。

"这有啥奇怪的。"

"我在医院碰见她的。"

"她怎么了?"

"看吧看吧,你还是会着急吧?"柱子笃定年十一心里还没有完全放下,"她怀孕了,她老公陪着来产检呢。"

"哦!"年十一沉默了片刻,"这不挺好的吗?"

"十一,本来不想告诉你,但是想了想,告诉你让你死心,你知道她的消息后,会更加安心现在的生活吧!"

"嗯,都过去了!"

"那你忙吧,挂了!"

柱子挂了电话,年十一心里就一直不安宁,电话中他明显听出了柱子的虚弱,他一想到柱子的身体状况,心里还是有些焦急,他得尽快回去看看!

当年十一赶到南麓市中心医院的时候,柱子已经出院两天了。

年十一打电话给柱子,关机。他又打给黄于格,黄于格正在跟婚庆公司的司仪商定婚礼的流程。

他一个人漫无目的地走在大街上,炙热的太阳烘烤着这座坐落在秦岭和巴山之间的小城。汉江河畔,清风拂柳,江边的公园里游人不多,慵懒的大树正在午睡,知了不知疲倦

第九章 重生

地欢叫,一群朱鹮低低地掠过江面,呱呱地叫着,飞上蓝天。

他已经忘记了上一次来江边的公园里散步是什么时候。临江县离市区虽然不远,但他平时却很少来这里。

他看着江面,看着周围的高楼大厦,不禁感叹,这个城市的变化真是够大的。从前,汉江两岸还有粮田,有低矮的小房子,现在放眼望去只剩下公园和高楼了。

他走到一排柳树下,坐在石凳上,心里孤单得厉害。舒兰、囡囡、童曼、柱子、黄于格、父亲、母亲……这些熟悉的面孔不停地闪现过他的脑海。

他被这太阳晒得也慵懒起来,加之近期休息不好,劳心劳神,更觉得精神状态越来越差。这时,手机响了。是小丸子——吴迪。

"年大哥,你好!我是吴迪。"

"吴迪你好,我有你电话号码。你居然会打电话给我,很意外呀!什么事?"

"这世界真是好小哦,你猜我在哪里?"

"啊,你不会也在江边公园吧?"

"没有,我来西安了,这会儿正和舒兰老师一起喝茶呢。"

"你去西安了呀,我最近一直在临江县,不然还能请你吃顿饭。这样吧,我让你嫂子好好招待你。"

"谢谢,不用那么客气的。"

年十一也不知道接下来该怎么接话,气氛变得有点尴尬,他没话找话地问道:"你去西安是办事还是玩?"

"人家是来领奖的。"电话那边却传来舒兰的声音,"我之前责编的她的那本小说,这次获了省里的文学大奖,她是来西安领奖的,正好见个面。我刚和她约定,以后有新作了,首先交给我来编辑出版。"

"那好啊,祝贺吴迪!你们好好聚吧。"

"好,挂了。"

年十一真没想到,人生中的很多事情就是这么阴差阳错,黄于格曾经是文学青年,现在却成了养猪场的小老板;柱子曾经是学霸,曾梦想将这个世界踩在脚下,如今却病成了那样;他自己,曾经的豪情万丈早已付之东流,如今只能靠着贷款和亲人的接济,期待着"咸鱼"翻身。而吴迪,曾经那个不起眼的傻丫头,却成了真正的作家。

生活就是这么讽刺,不停地让人们转换着角色。

柱子回到老家,整个人的精神状态就垮塌了下去,一米八五的个头看起来居然像个小老头似的,为了化疗,他的头发早就剃光,戴着帽子和口罩坐在轮椅上,在院子里发呆。

通往柱子家的路,沿途都是整整齐齐的小楼,路边种满了银杏树,像两排卫兵守护着这个宁静的山村。

年十一的到来让柱子寂寥的生活多了几分喜色,他的脸上有了笑容,虽然笑起来是那么不自然,笑中带一丝苦涩,但终归让人觉得温暖和欣慰。他和柱子的母亲、陈叔叔打了招呼之后,就坐下来陪柱子说话。这些天,陈叔叔到处打听怎么给柱子看病,柱子母亲也是忙里忙外照顾着柱子。

"你真是的,回来了也不跟我说一声,咱们两家离得这么近,我直接来这里看你多好呀,害得我还跑了趟市里。"

"十一,你陪我出去走走吧,我真是憋得慌。"

"还疼吗?"

"疼习惯了,这会儿才吃了药,好受一点了。"

"那行,我陪你去走走吧。"

按照柱子的意思,年十一推着轮椅上的他沿着村子一直向西走。夕阳正在悠闲地远去,余晖平静而舒缓,优雅自若地萦绕在群山之巅,远处的田野里是金黄的稻子,大片大片地铺开来。风很轻,云很淡,一切都那么恬静,那么安然。

走着走着,他们就来到了河边。虽然是乡村,但道路几年前就已经硬化,还算平坦。柱子坐在轮椅上,孤独地看着远方。

"十一,停一会儿吧,你在这个石头上坐会儿。"柱子的目光很散漫、孤独,他回过头看着年十一——还是那张熟悉的脸。

年十一在路边的一块大白石头上坐下来。

"给我点支烟。"柱子说。

"别闹,你不能抽烟。"年十一的胸口憋着一股气,无法散去。

"你就由着我吧,我不知道还有几天可以活。"柱子从前最不相信命,但这些漫长的生病时光,让他越来越绝望,越来越抵触去医院。

年十一想想也是,谁都不知道柱子能不能看到明天的太阳,不如就顺着他的意愿吧。他点了支烟,递给柱子。柱子烟瘾犯得实在厉害,恨不得把烟头都嚼着吃了,抽完一支他又要了一支。

年十一说:"柱子,你这样让我心里真不是滋味。"

柱子倒是坦然:"没事,该来的总会来。对了,你那儿筹备得咋样了?树苗栽上了没?"

年十一说:"两个月前就栽了,基本上都成活了,长得可好呢。明年春天,桃花谷就会像我们小时候那样,漫山遍野一片粉红。"

"是呀,小时候咱们最爱去桃花谷,那个湖叫什么名字来着?"

"月亮湖。"

"对对对,是叫月亮湖。晚上的时候特别美,月光洒下来,那湖面一片雪白。"柱子描绘着记忆中的美景。

"等明年桃花开了,你去我那里住些日子。"

"明年……太遥远了。"

"不远,很快就到了。我现在就觉得时间不够用,赶工期赶得我成天没时间睡觉,吃饭也是马马虎虎对付几口,目前房子的主体算是弄好了,后面装修才是大头,愁死我了,预计投资一百多万,现在还没干啥呢,一大半就投进去了……"

"你这个是前景不错,我要是有钱,就投资你了。可我西安那房子你也知道,贷款还完就没剩下多少了,还了你三万、于格一万，剩下的全砸医院里了。"

"我希望你赶紧好起来比什么都强。"

"唉，造化弄人。"

"也不知道我当初这个决定对不对，好好的干吗非要跑到这穷乡僻壤里建啥农家乐？我要是找个工作踏踏实实地上班，每个月拿着工资，也许比现在轻松一点。"

"自己干最起码有实现财富自由的可能，我那工作倒是稳定，可每个月就是点死工资，除了房贷、车贷，根本不敢想别的。如今我又这样，真庆幸我没结婚、没孩子，不然他们咋办？"

"谁都不容易啊。于格的婚礼，你去吗？"

柱子看了看天空，说："到时看身体状况，能去的话肯定得去。"

"别这么悲观，到时咱一起去。"

"这些年，我心里一直憋着一件事，从不敢对任何人说。今天，我想跟你倾诉倾诉，死了我心里也畅快一点。"

"什么事？"年十一问。

柱子继续抽烟，沉默着看向天空，这时的夕阳已经完全落到了山的那一边，只剩下淡淡的余晖还在山顶残留着一丝光亮，四下已经一片朦胧。群山之中，辽阔的田野在暮色中疲倦地蜷缩着，压抑着，沉默着。

柱子就如同那远方沉默的山峦。

"你倒是说啊。"年十一着急地问。

柱子说:"我想喝点酒,不然我说不出口。"

年十一说:"你行了啊,身体这样还敢喝酒。到底想说啥,你赶紧说,你别逼我着急好吗?"

柱子说:"那你推我再靠近河边一点。"

年十一照做。

柱子说:"十一,你看,这河……"

"河咋了?"

柱子接着说:"就是这个地方,那姓朱的就死在这个地方。"

"这事我知道啊,不就是咱们高考那年发生的事吗?姓朱的是罪有应得,把你们母子三人害得够呛,多亏死了,不然阿姨得受多少罪呢。"年十一知道柱子的所有事,他记得那年高考前夕,一天下午放学后,柱子说他妈生病了,要买点药回家,结果却请了一个星期的假——他继父放牛的时候掉进河里淹死了。当时,年十一还劝柱子,让他别难过了,这样的人死了不是更好吗,要不然你妈和你妹的日子可咋过。时隔十八年,柱子再提起这件事的时候,和从前不一样了,从前是恨,现在是什么,年十一看不大懂。

柱子接着说:"那天下午,我听村里的张大爷说,我妈病得厉害,我就跟老师请假说要回家。骑自行车回来的路上,我老远看见有人在水里挣扎,等走近了却什么都没有,我还看了一眼岸边,没有衣服鞋子,就以为是那段时间忙着复习功课累得眼花了,也没当回事,直接回家了。"

"难道你看到的就是老朱？"

"过了好几天，别人从河里捞起了他的尸体，我才想到我看到的场景，是真实的。"

"你没事吧？"年十一发现柱子的身体颤抖得厉害，双手紧紧地抓着轮椅的把手。

柱子摇着头，继续说："十八年了，我经常会夜里想起这一幕，有时还会梦到。我甚至害怕他来找我，他在水里扑腾的场景越来越清晰……"柱子说着说着就哭了起来。

年十一不知道怎么安慰柱子，他靠近柱子，轻轻拍了拍他的肩膀。

"这些年，我一直活在恐惧中，我不愿与人有深入接触，不愿别人走进我的生活，更不愿别人走进我的内心，我怕……我也恨，我恨他，恨他对我妈、对我妹、对我的种种恶行，可是我更恨我自己，我为什么没有救他呢？我当时应该找人，说不定还能救起他来，是不是？"

年十一想不出柱子这些年是怎么撑过来的。

"事情都过去了，也怨不得你。别说了，别说了……"

"从我记事起，我就是被人嫌弃的，我家里穷，爸爸死得早，姓朱的不拿我们母子三个当人看，后来我妈又病了，村里人就都看我们家的笑话。你知道晓雪这些年为什么打死不愿意回来吗？"

"知道，知道……"

"她恨这个地方，恨她的童年遭遇。都是我不好，是我没有保护好她,小时候,她挨打的时候比我多,因为她是女孩子,既不敢反抗,又不敢哭,她只能躲在被子里默默地抽泣,却从不掉眼泪。晓雪的心里早就把过去看透了,恨透了,如果没什么特别重要的事,她一辈子也不会回来的。所以,十一,如果我死了,也不必通知她,我不想揭她的伤疤。"

"别胡说了,你会好起来的。"年十一这时才发现自己早已泪流满面。

"这辈子,我最亏欠的人就是白玲,我试了很多次,我要克服内心的恐惧,我要适应两个人的夜晚,我要适应两个人的生活,可每次我都失败了。还记得那年,白玲答应嫁给我,我好高兴,好幸福,我们喝了点酒,后来就发生了关系,当我清醒过来的时候,我以为我已经能够适应两个人的夜晚,可我还是偷偷地跑出了卧室,在客厅的沙发上睡了一晚上。白玲不知道我的内心有多么恐惧,还以为我是因为自责呢,她天真的样子真让人心疼。接着,我们忙着装修新房、拍婚纱照、订酒店、订婚庆公司……总之,万事俱备了,我却悔婚了……我怕,我怕别人走进我的世界,我的内心……白玲是个好女人,是我对不起她……"

白玲是个好女人。年十一也不得不承认。

柱子的呜咽声在河边回荡。

起风了,乡村的夜风凉飕飕的。

年十一推着柱子往回走,柱子的情绪越来越低落,一句话也不再说了。

那一夜，年十一和柱子住在一个房间里，两人睡在一张床上，像他们青春年少时一样，但他一夜无眠，而柱子，吃了药就睡着了。

玻璃窗外，空旷的苍穹之下是连绵的群山，皎洁的月光如同白雪一般，他多希望那洁白能够洗去柱子内心的恐惧，即便是要离开这个世界，灵魂也好轻松上阵。

李研，也就是李宝柱，大家都叫他柱子，于2018年农历八月十六的晚上安静地离开了这个世界。那一天，也正是黄于格和张丽莎结婚的日子。

黄于格的婚礼上来了很多曾经的同学，年十一喝了好多酒。恰逢中秋佳节，舒兰也带着囡囡回来了，是特意来参加黄于格婚礼的。囡囡没有来过农村，兴奋得不得了，见什么都要去抓一下，还特别喜欢往人群里钻。

张丽莎虽然穿着中式的秀禾服（一种现代影视剧戏服），却依然隐藏不了她怀孕的肚子。而她那个从小小脑发育不全的小女孩，现在看起来和同龄的孩子并没有太大的差别，只是走路有一条腿不听使唤，老爱向外甩。她耳朵上戴着人工耳蜗，说话也还有点吐字不清，但她忽闪忽闪的大眼睛却非常漂亮，来了的客人都会忍不住多看她几眼。连舒兰都羡慕那小女孩子，说她像个小天使。

闹完洞房时间已经不早了，从黄于格家出来的那条路没有路灯，舒兰一路上开车开得战战兢兢，双手都出汗了。快到家的时候，她告诉年十一她爸妈打算最近过来看看，还打算在这儿住几天。

年十一说:"先别来,来了连住的地方都没有。"

"家里住得下呀,不是还有一间空房吗?"

"那怎么行?家里又脏又乱,东西又旧……"

"有你这么说自己家的吗?"舒兰反驳道。

"不,我的意思是说,家里太寒酸了,要住的话还是像以前一样,住县城去,反正县城离家也不太远。"年十一本来醉得挺厉害,一听到岳父岳母要来的消息,瞬间就清醒了。

"爸妈把家里收拾得多干净呀,你还嫌不好?我都羡慕爸妈,有那么大一片菜园子,有茄子、豆角、黄瓜、苦瓜、白菜……昨天妈还给我吃了两根现摘的黄瓜。明年我要种点西红柿,还有草莓、西瓜,妈说她帮我种,我光吃就行了……"舒兰的脸上洋溢着幸福的光芒。

年十一也觉得很幸福,这个小家不知道从什么时候开始就越来越美好了,妻子也变得温柔体贴、善解人意,女儿可爱乖巧、天真无邪。他没想到自己一无所有的时候,还能拥有来自家人的鼓励和爱。

"有个事儿我说了你可别生气,别骂我。"舒兰说。

"什么?"

"我来这里之前交了辞职报告,从下个月起,我们两个人就都没收入了。"

"怎么了?工作干得不顺心吗?"

"眼看着咱家的农家乐就要落成了,再过段时间就得装修，这里面细节的问题可多着呢，你一个人忙得过来吗？再说了，咱们得提前策划、宣传，等开业了才能正常运行啊。后面要做的事情还很多，我不帮你，怕你一个人搞不定。"

"你真的决定要回来帮我了？"年十一很惊讶。

"不是帮你，是我们共同建设这个美好的家园。我想了想，你上次说的那个名字，我觉得太土了，什么桃花岛休闲山庄，感觉要拍金庸剧似的，太土了！"

"那也只是个初步设想。"

"你看赵雅的民宿，叫雅园。上次你带我去的那个吟风居，老板是叫张风，对吧？"

"是。要不叫兰园？"

"你少拿我打趣！舒兰接着说，其实以桃花命名也蛮好的，就是这个桃花岛感觉不好。不如叫桃花谷吧，反正那个地方也叫桃花谷。咱们把每个房间都做成一个主题，比如，以茶为主题的，叫茗香；以书为主题的，叫书韵；以书法为主题的，叫墨海；以乐器为主题的，叫清音……"

正说着，年十一的手机就响了，是柱子的陈叔叔打来的，说柱子走了。

深秋的金沙河村美如图画，漫山遍野的红叶、黄叶在秋风中优雅地飘落，阳光温柔地照耀着田野，金黄的麦穗低垂着头。

柱子走了。

一夜之间，金沙河的人们都知道了。

其实在任何一个地方，死任何一个人都算不得什么大事，只不过让身边的人唏嘘一阵，让至亲至爱的人哀痛一阵，地球依然在转动，这个世界什么也不会改变。

母亲说，黄叶子在落，青叶子也在落，都是命。

年十一抹了一把眼泪，冲进了夜色里。

柱子走后，年十一大病了一场。连续熬了三个通宵，他的眼窝已经深深地凹陷下去，脸色苍白如纸，看起来吓人。他是从柱子家回来后就病了，一直发烧、头晕。

囡囡上学不能耽搁，只能让舒兰先送回西安，由姥姥姥爷接送上下学。舒兰办完离职手续，还要把家里的事情处理一下，才能利利索索地回金沙河来。

年十一在床上躺了三天三夜，吃了一大堆感冒药，才终于好起来。他睡得全身酸困，就从床上起来了。他两腿发软地站在地上，试图走到阳光下面去。他扶着墙，步履蹒跚地走出来。院子里阳光明媚，刺眼的光芒像刀剑似的无情，把他"推"了一个趔趄，他顺势坐在屋檐下的台阶上，斜着眼睛看那遥远的天边半红半黄的太阳。那光，像一柄剑，插在大地上。

"妈，我在这里坐会儿。"年十一声音沙哑，问母亲，"我爸呢？"

"去工地了，你不在那儿，你爸不放心。"说罢，母亲进屋去忙了，年十一独自一人坐在院子里晒太阳。

院子边上那棵银杏树的树叶已经掉得差不多了，只剩下光秃秃的枝干，像极了父亲骨瘦如柴的身子和弯曲的脊梁。

院子外面是一条乡村小路，路的一边是稻田。田里灌了水，要泡上一冬，等来年种稻子，此刻看上去是那么萧索而孤独。

年十一颤抖了一下，披在肩上的大衣滑落了下来，他赶紧往上拉了拉，只觉胸腔里一股气体冲了上来，他连续咳嗽了几声。

柱子真的已经离开这个世界了吗？虽然从柱子查出胃癌那一刻，他就早已有了心理准备，但现在的他还是不敢相信这个事实。

年十一家隔壁是金小满家，再隔壁是柳东来家。柳家今天热闹非凡，柳东来带着女朋友回来了，是个漂亮的新疆姑娘，长得跟明星似的。大家听说了都打着串门聊天的名义前来围观，她落落大方，和大家有说有笑。

柳东来比年十一小六岁，今年也三十了，这些年他很少回来。听母亲说，他初中毕业就出去打拼了，据说在新疆挖矿，赚的钱一辈子都花不完。

年十一坐在台阶上晒太阳，母亲在厨房里包饺子，时不时地跟他说上几句话，母亲叫他给兰兰打个电话，问问她哪天回来，好准备吃的。

时光静谧，村子安详，家人康健，一切都是美好的样子。

逃离了大城市的喧哗、逼仄、压抑，人就会自然而然地松散下来，就像装在瓶子里的豆子，瓶子打破以后，豆子就可以自由自在地滚动，想到哪里就到哪里。他终于明白唐仁山老师为什么要放下西安的一切去乡下生活，原来拥抱大自然是那么美好的一件事。

母亲又从厨房里出来，问年十一，饺子蒸着吃还是煮着吃？年十一说，都行。母亲又问，兰兰咋说。

年十一这才拨通舒兰的电话。舒兰说她正在银行里取钱，她爸妈又给了他们三十万，让他们装修的时候用，她想取点现金带回来，这村子里扫微信不方便。年十一真不知道该说什么好，脸上一阵滚烫，和舒兰结婚这么多年，一直在接受岳父母的帮助。

他说："爸妈的钱咱们不能再要了。"

舒兰说："那你跟他们说呀，爸妈非要给，说本来要见了你的面，当面给你，可李研又走了，爸妈来也不方便，囡囡要上学，他们一时半会儿又来不了了，昨天就把卡给了我。这是他们全部的积蓄了，以后再没有能给我们的了。十一，我们将来得好好赚钱呀……"

年十一感动得不知说什么好，就问："你什么时候回来？"

舒兰说："取完钱就往回走，两三点钟就能到家了。"

"你路上开车慢点。"

挂了电话，母亲又问："咋说？"

"下午两三点钟就到了。"

"那咱们不吃饺子了，给兰兰留着。我给你煮面。吃完饭，我就洗腊肉，兰兰爱吃。"母亲说完就又进了厨房忙碌。

第九章 重生 / 259

年十一小时候最爱吃饺子。有一年冬至，他说要吃饺子，不然冻耳朵。他也忘了是从哪里听来的这话，当时母亲正病着，父亲在外地打工，一年才回来一次。母亲躺在床上，说："好，你爱吃我就给你包。"

年十一就兴高采烈地出去玩了，到了吃饭时间，等他兴致勃勃地回来时，母亲却晕倒在厨房里，身边还散落着几个饺子。母亲年轻时贫血，经常需要吃药，到了五十多岁的时候才渐渐好起来。

年十一看着母亲忙碌的身影，心里说不出的难受。他站起来走到母亲跟前，说要来帮忙，母亲不让，让他赶紧在屋里躺着，面做好了叫他。

忽然间，母亲在他的眼睛里模糊了起来。这些年，他在外忙碌打拼，很少认真地端详过母亲，不知何时，母亲已变得如此苍老，眼角和额头的皱纹像一道道弯弯曲曲的沟壑，那沟壑里满满的都是对年十一的期许和深爱。一入秋，母亲腰疼的毛病就会愈发严重，每天都离不开膏药。舒兰每年都会早早地准备好几盒，给婆婆寄回去。

如今，舒兰决定回到这里来生活，对年十一来说，简直难以置信。

落雪了。

这个静谧的小山村一夜之间就变成了白雪的世界。

年十一一大早就起床了。他得赶紧去一趟县城，把昨天订好的地板砖找人拉回来，还有做柜子的木料也快没有了。

桃花谷休闲山庄预计明年三月初开业,眼看着时间就要到了,他一天也不敢歇息,只能马不停蹄地往前赶。

舒兰也早早地起来了,一边洗脸刷牙,一边计划着今天要做的事情。墙纸、窗帘、沙发、床品、餐具、装饰等,今天一定得订下来,要不然厂家来不及发货就要过年了。这段日子她天天都在网上看,打电话联系,也是忙得晕头转向。她决定跟老公一起去趟县城,到实体店里再看看需要买的东西。

"你什么时候出门?"舒兰一边把头发挽成一个"丸子"卡在脑后,一边问。

"马上。"年十一已经穿上了外套。

"我跟你一起去,我想去县城的实体店看看窗帘和床品,能摸到手感。"

"我就说嘛,这些东西必须得在实体店买才能有质量保证。"

"对对对,你说得对,走吧。"

一出门,就看见下雪了,眼前的美景让人心动。

"我们走一走吧。"

"好。"

两人依偎着向院子外面走去。

"从前,我总想跟你在雪里走一回,这样我们就能白头了,可惜,你的心一直不在我身上。"舒兰说。

"现在也不在。"年十一故意说道。

"我不信，现在能感受到了。"

雪越下越大，大得足以覆盖整个世界。群山之间，天地一片苍茫，漫无边际的孤寂。

一刹那间，时光好像正在倒流，年十一仿佛又回到了青春年少的时光。山，还是那样的山；河，还是那样的河。一切都没有改变，一切都回到了原点。

第二年三月，桃花谷休闲山庄终于正式开业。

在那桃花园中，一座优雅秀美的中式小院亭亭玉立地注视着来来往往的客人。鞭炮声响起了，锣鼓声响起了，音乐声响起了。

舒兰穿着白色的风衣，长发束在脑后，满面春风地走在阳光下，热情地招呼着每一位前来祝贺的客人。

沿着进村的公路，路边已经陆陆续续停了好几十辆车，前来参观的游客从一个月以前就没断过。这都得益于舒兰前期做的宣传工作，她请了几位网红来这里做客，给他们免费提供食宿，让他们在这里进行网络直播，没想到还没开业，这个地方就火了。

村子里的许多人都成了桃花谷休闲山庄的服务员，本来年十一还想从外面请个有名的大厨师，但舒兰却坚持要用村里的人，她从婆婆那里打听到一个消息，过年时候刚回村的柳城以前在成都一家酒店待了十几年，今年孩子该上小学了，他们夫妇二人就决定不外出了，就在县城打打零工，照顾孩子上学。

舒兰说:"柳城在大酒店待过十几年,厨艺肯定不会差,要是差的话怎么会待得那么久。他又是咱本村的人,咱也算是给了他一个就业的机会,帮他解决了困难,他肯定会尽心尽力的。"

没想到那柳城的手艺真不错,顾客都说他做的菜好吃,色香味俱全。

开业前几天,十五间客房就全部订了出去,开业当天,顾客爆满,厨房里忙得团团转,餐厅里的人坐都坐不下。一天下来,舒兰的脚被磨破了,小腿肿得像个罐子似的。年十一也好不到哪里去,脚底板都磨得生疼。

年十一说:"五个服务员好像还是太少了,累得人受不了啊,要不再找几个?"

舒兰说:"先找几个临时工,按天结算工资的那种,也许过了这个开业的火爆期,生意就淡下去了,那时候咱们再辞退人家,可就闹得不愉快了,都是一个村的人,千万不能把关系搞坏了。"

"好,你说得也不是没有道理。"

"那你知道我为什么要坚持用本村的人吗?"

"为什么?"

"你就是在这里出生的,村里的伯伯叔叔们都是看着你长大的,你现在自己创业了,不管咱们现在贷了多少款,有多大压力,别人是不会理解我们的,但如果我们一旦去外面找了服务员,把钱让外面的人挣了,他们肯定会说你是白眼狼。

再说，你回来创业，不就是想让咱们村子发展得更好吗？"

"说的是，在这一点上，金小满做得好，我要向他学习。"

舒兰又说："一口吃不出个大胖子，咱们不能只想着挣多少的钱，也要为村上做一些事情。这刚开业生意好，主要是沾了桃花的光，桃花谢了，也许游客就会变少，咱们得想一些新的项目，这样一年四季就都能吸引游客了。夏天的时候，在湖边建个水上乐园吧，孩子们可以玩。秋天赏红叶，绕着湖边那条路，一直通往对面的山顶，但个别地段路不好，需要修一修路，咱们可以在那边的小山坡上修个凉亭，冬天还可以上去赏雪，你觉得怎么样？"

年十一这一天下来已经累得筋疲力尽，倒在沙发上就睡着了。

舒兰从屋子里走出来，小院的客房都满满地住着客人，湖边还有两个人在聊天，是一对来度假的情侣，说是要住半个月才走。

远处的山，孤独地伫立在黑色的苍穹之下。只有月亮湖上是皎洁的月光，白得那么耀眼，像太阳一样明亮。舒兰静静地凝望着那片湖，湖水是那么平静，没有一丝涟漪。她从来没有想过，有一天会离开自己熟悉的地方，来到这个陌生的小山村里。小时候，她特别怕黑，晚上睡觉都要开着小夜灯，如今，她成了别人的妻子，成了孩子的母亲，她便不再怕黑了。她告诉自己，一定要循着有光亮的地方前进，哪怕那光很微弱，也要努力地向前走。

若不是带着这样的信念,她又怎么会跟丈夫走到现在呢?七年的青春和深爱,终于如愿以偿地换来了温暖和幸福,这一切都值得。

此后的日子,年十一和舒兰一直都在努力地经营着桃花谷休闲山庄。

当年十一得知童曼生了一对双胞胎儿子的时候,他的心里再也没有了悲伤和痛苦,而是发自内心深处的祝福。人生的过客,终归要放下。

如果说,童曼曾经是他生命中的一束光,那么,她曾经照亮的地方将永存于记忆。

尾　声

风停了。

阳光依然陶醉地亲吻着山谷里的一片嫣红，湖面如镜，映照着蓝天白云。湖边的小草随风轻舞，自由自在。

几个孩子在不远处争吵起来，都说自己的纸飞机才是飞得最高最远的，谁也不让谁。

年十一把落在自己面前的那只捡起来，走过去问："这是谁的？"

孩子们看了一眼那个不起眼的纸飞机，没人认领，一哄而散。

不远处，囡囡穿着粉色的小裙子，两条小辫子在头上晃来晃去，正向他这边跑来。

"爸爸！"

"宝贝，你慢点。"

囡囡长高了，是啊，她已经六岁了。三年前，他在这里修建桃花谷休闲山庄的时候，她还是个肉嘟嘟的小胖娃娃，而此刻，她已经长成了天使的模样，粉白的小脸上透着阳光的气息，两个小手张开着，扑向他的怀里。

人生有很多值得追求的东西，但最珍贵的却是家人的陪伴和已经拥有的幸福。年十一跟舒兰商量了，等到秋天的时候，囡囡就在金沙河小学上一年级。现在的乡村教育已经今非昔比，农村的生活得到了显著改善，村里的道路硬化了，交通方便了，有一些高材生实习完了愿意留下来任教，金沙河的教育质量也是逐年提升，已经在全县评比中名列前茅了。

"爸爸，这是什么？"

"这是一只纸飞机。"

"那你让它飞起来吧！"囡囡在他的脸上甜蜜地亲了一下。

年十一一只手抱着囡囡，另一只手将纸飞机轻轻地掷了出去，囡囡高兴得直拍手叫好。

满山的粉红，如同漫天的霞光。纸飞机飞起来了，像一只白色的鸟，飞过面前的几棵桃花树，飞到了云里，飞到了风里，飞到了湖面上……

他望着它，想起回忆里的人和事，想起那些经过的时光和岁月，往事——如同湖面的那只"白鸟"，将安睡在他的记忆里，永远不再苏醒。